JEUNESSE

Brigitte Peskine

Brigitte Peskine est née à Paris en 1951. Elle a commencé à écrire pour les adultes, mais en voyant grandir ses trois filles, elle a eu envie de leur raconter des histoires qui les concernent. Lorsqu'elle-même avait dix ou douze ans, il n'existait guère d'héroïnes auxquelles s'identifier : en fait, elle écrit les livres qu'elle aurait voulu lire à cet âge !

Robert Chrichton

Auteur-réalisateur-producteur, il est devenu en trente ans un véritable spécialiste du film pour la jeunesse. Plusieurs fois primé lors de festivals internationaux, c'est près d'Édimbourg, au beau milieu d'un bois, qu'il a créé son propre studio !

SARAH, L'ENFANT PERDUE

Brigitte Peskine
& Robin Crichton

SARAH, L'ENFANT PERDUE

Illustrations :
Robert Diet

PREMIÈRE PARTIE
LA QUÊTE

JOUE
BM
37300

1

Je suis né un 29 décembre, entre deux réveillons. On peut difficilement rêver pire. Surtout avec des parents séparés. Comme ils n'habitent pas la même ville, ils ont décidé que je passerais Noël avec maman à Cork et le premier de l'an chez papa à Dublin. Quant à mon anniversaire, ça fait dix ans que je le fête dans le train...

Le jour de mes quatorze ans, prêt à aller à la gare, je regardais maman emballer mes sandwichs. Elle avait la mine crispée que je déteste tant.

« Pourquoi n'as-tu pas invité Liam ici? fit-elle. Tu as honte de moi? Oh, ne dis rien, je sais à quoi m'en tenir!...

— Mais non!

— Ne me prends pas pour une idiote, d'accord? Je t'ai entendu, l'autre jour, au téléphone... Tu donnais rendez-vous à ton copain dehors, dans la rue, alors qu'il pleuvait. Tout ça pour éviter que je vous apporte un bon thé chaud... J'avais même fait des scones. Bientôt, vous irez au pub, avec les voyous, et vous boirez de la bière!

— Je vais rater mon train...

— Et alors? Tu prendras le suivant. Ton père ne sera pas surpris, il ne m'a jamais fait confiance pour rien!

— J'ai quatorze ans aujourd'hui, maman! L'âge d'aller seul à la gare, avec ou sans pique-nique. Alors ciao et bonne année! »

Mon cœur battait à toute allure. J'empoignai mon sac à dos, mon blouson, et claquai la porte d'entrée. Je ne devais pas me retourner. Sinon, j'étais cuit. Je jetai juste un coup d'œil de côté. Ma mère avait écarté le rideau du bow-window et me regardait. Elle pleurait. Je revins sur mes pas en soupirant.

Elle me serra longuement dans ses bras, essuya ses yeux, prit une profonde inspiration :

« Laisse-moi, ça va aller. File, mon trésor, tu as encore une chance de...

— Je prendrai le train suivant.

— Mon pauvre Finn, gémit-elle. Tu n'as pas de chance... Je t'empoisonne la vie...

— Mais non... »

Que si ! Et je me demandais combien de temps j'allais le supporter. Je sais bien que tous les garçons de mon âge se disputent avec leur mère. Mais entre nous, c'était plus grave qu'une crise d'adolescence, et ça n'avait aucune chance de passer avec le temps. Car ma mère n'avait pas toujours été la femme anxieuse et possessive qui se mouchait devant moi.

Il y a bien longtemps, dans une autre vie, nous avions été une vraie famille, papa, maman, Sarah et moi. Sarah, ma petite sœur disparue.

Je n'avais que quatre ans au moment du drame, mais je savais qu'il existait des photos, des traces de ce bonheur passé. Ensuite, ce fut le chaos, la séparation, les larmes, le silence. Personne n'osait prononcer le nom de Sarah. Je me demandais parfois si elle avait réellement existé : ma sœur n'avait même pas de tombe.

Je ne connaissais que les grandes lignes du drame. Un accident de voiture dans le Midi de la France, où nous étions en vacances avec mes grands-parents maternels. Ils avaient été tués sur le coup. Marie, la jeune fille au pair, assise à l'arrière entre Sarah et moi, nous avait sortis des tôles froissées. Sarah était blessée au front. Marie l'avait déposée dans son siège de bébé au pied d'un arbre, et m'avait traîné sur la route pour appeler au secours. À notre retour, la petite chaise de Sarah était vide.

J'échangeai avec maman un long regard. J'étais certain que ses pensées avaient suivi le même chemin que les miennes. Elle sortit brusquement de sa léthargie, passa un manteau et attrapa ses clés de voiture.

« Viens, je t'emmène, dit-elle avec un enjouement forcé. Tu auras ton train et tu seras à l'heure pour souffler tes bougies. Je ne vais quand même pas gâcher ta fête d'anniversaire !

— Promets-moi d'appeler une collègue et d'aller au cinéma avec elle ! dis-je.

— Mais oui, bien sûr. »

Je savais qu'elle n'en ferait rien... Étais-je un garçon sans cœur et dénaturé ? J'avais hâte de quitter cette maison. Non que la nouvelle famille de mon père m'emballât, avec cette femme stupide qui partageait sa vie et leurs deux gamines insupportables. Mais au moins, là-bas, je respirais à peu près librement.

Le train est un bon endroit pour rêver. À la gare, en embrassant maman, une idée complètement folle m'avait traversé l'esprit. Je n'eus pas trop d'une heure de voyage pour transformer mon idée en plan d'action.

Le point de départ était clair : je devais trouver le moyen de guérir ma mère. Sinon, je finirais par claquer la porte et ne plus revenir. Et elle en mourrait. Je me souvenais de la phrase qu'elle avait prononcée, quand j'avais demandé à être pensionnaire. Oui, parce qu'à la fin de mes classes primaires, j'avais choisi de poursuivre mes études en internat. C'est une vieille tradition anglaise qui remonte au temps où nous faisions partie de l'Empire britannique, avec des colonies au bout du monde… Ma décision pouvait donc passer pour presque « normale ». D'autant plus que le collège le plus proche de chez moi était de niveau médiocre. Et que mon père était un ancien élève de ce pensionnat de la côte sud de l'Irlande, ce qui avait facilité mon inscription. Mais maman ne s'y était pas trompée : « Tu as raison, me dit-elle, ce n'est pas parce que ma vie est finie que la tienne ne doit pas commencer. » De quoi me culpabiliser pour le restant de mes jours. Plus je grandissais et plus nous nous faisions du mal.

Le moyen de nous en sortir, je le connaissais depuis que ma petite sœur avait disparu et que notre famille avait explosé : je devais retourner dans le Midi de la France, sur les lieux du drame. Marcher sur les mêmes traces, rencontrer les mêmes témoins. Affronter la réalité au lieu de la fuir, comme nous l'avions fait si longtemps.

Et peut-être retrouver Sarah. Mais c'était un espoir si profondément enfoui, et si peu réaliste, que j'osais à peine le formuler.

Je frétillais d'impatience en arrivant à Dublin. Pas tant à l'idée de revoir mon père que de retrouver mon copain Liam Doyle : j'avais besoin de lui pour mener à bien mon projet. Il avait beau être mon meilleur ami, je ne lui avais jamais parlé de Sarah. Au collège, on ne s'étend pas sur sa famille.

Seuls nous importent le sport, les devoirs et, depuis peu, les filles.

Il faut croire que les inverses s'attirent. Liam est le contraire de moi : à l'aise dans ses baskets, populaire, dragueur, cool, quoi. Nous avons à peu près la même taille, mais il est brun, carré (un vrai pilier de rugby) alors que je suis plutôt du genre endive, ou asperge. Bref, je me demande ce qu'il me trouve. Peut-être apprécie-t-il que je le laisse tricher pendant les contrôles? En tout cas, il m'invite souvent chez lui et je trouve ça super. Ses parents habitent Dublin, comme mon père. Ils sont gais, décontractés. Liam a une grande sœur et un frère plus jeune; on sent que le groupe familial fonctionne, malgré les inévitables chamailleries. Ça m'émeut à chaque fois, profondément.

Les Doyle seraient ravis d'envoyer leur fils en France : les notes de mon copain laissaient vraiment à désirer! Et mes parents n'oseraient pas m'empêcher de l'accompagner... surtout si c'était moi qui suggérais le point de chute!

Il était tout trouvé : chez Marie, notre ex-jeune fille au pair. C'était là que mon idée devenait géniale. Tellement géniale, du reste, que je n'avais pas besoin de mettre

Liam au courant de mes véritables motivations. Marie avait épousé un éleveur de taureaux et vivait en Camargue, dans un mas, avec sa petite famille. Qui dit mieux, pour des vacances linguistiques?

Marie nous envoyait chaque année une photo en guise de carte de Noël, avec « Meilleurs vœux » en lettres dorées. D'abord elle seule, puis elle et Thierry, son mari, et enfin, elle, Thierry et le petit Béranger. En Irlande, les gens expédient plutôt des cartes de l'Unicef en papier recyclé. « Sont-ils narcissiques, ces Français! » bougonnait maman. Mais elle installait la photo avec les autres cartes de vœux, sur la cheminée du salon. Je trouvais touchant que Marie, liée de si près à notre drame, continue à se manifester dix ans après. Comme si elle voulait nous dire : « Ne m'en veuillez pas, je vous en supplie, ne m'en veuillez pas... »

Il me fallut plusieurs mois pour mettre ce voyage au point.

Comme je l'escomptais, Liam fut enthousiaste à l'idée d'aller jouer les cow-boys au milieu des flamants roses... et des jolies Françaises. Mais les tractations avec maman furent longues et délicates. Les parents Doyle vinrent prendre le thé chez nous, avec Liam déguisé en adolescent poli, raisonnable et propre sur lui. J'avais honte de montrer à quel point j'étais traité en petit garçon. Liam et ses parents semblaient plus amusés que choqués.

Marie, apparemment ravie à l'idée de nous accueillir pendant l'été, dut envoyer de longues lettres rassurantes, décrire la chambre où nous coucherions et s'engager à ne pas cuisiner de repas trop épicés.

En dépit de cette correspondance, des réservations d'avion et des préparatifs divers, nous parvînmes, maman et moi, à ne jamais aborder frontalement le sujet du voyage. Elle ne me parla pas de Marie, ni de la France, qu'elle connaissait pourtant bien, ni du climat, ni de rien...

Semaine après semaine, je quittais Cork le cœur serré et ne commençais à me détendre qu'en apercevant les murs de la pension. « Encore un week-end de phrases feutrées et de regards en biais », soupirais-je. J'en venais à espérer une explosion. De sa part ou de la mienne. Mais nous avions trop peur de ce qui pourrait en sortir.

Il y eut juste un incident pendant les vacances de Pâques : un jeune voisin se cassa le bras en tombant d'un poney. Maman voulut m'interdire de monter à cheval pendant mon séjour en Camargue. « Autant ne pas partir ! » mentis-je. C'était bien la réaction qu'elle attendait : j'avais prétendu choisir ce lieu (et cette famille d'accueil) à cause de ses possibilités équestres. Ma mère avait prétendu me croire. C'est pratique, le langage codé…

Mon père dut intervenir et j'eus droit, pour la peine, à quelques leçons de galop totalement superflues…

Enfin je me retrouvai à l'aéroport, prêt pour le grand saut.

« Tu n'as pas oublié ton flacon antimoustiques?

— Maman, s'il te plaît!

— Quoi? Tu pars pour un mois, j'ai bien le droit de te faire des recommandations, il me semble! »

Je me mordis les lèvres. Mon copain Liam me fit un clin d'œil, l'air de dire : « Tiens bon, la libération est proche! »

« Finn, reprit ma mère, tu me téléphones à la seconde où tu arrives. Et n'hésite pas à dire à Marie que tu n'aimes pas le concombre. (Elle se tourna vers les parents de Liam.) Quand elle travaillait chez moi, cette fille se nourrissait exclusivement de concombres!

— Les gens changent, en dix ans », sourit Mme Doyle.

Je levai les yeux vers maman. Son expression me fit mal. Oui, les gens changent, en dix ans. Surtout quand ils ont été frappés par le malheur.

J'eus le temps d'apercevoir Dublin et la mer d'Irlande avant que nous ne passions au-dessus des nuages. Adieu la pierre grise, les champs vert foncé, le non-dit et ces semaines de plomb.

Je me sentais à la fois anxieux et impatient.

Je savais que ce retour à la source du drame changerait ma vie. Pour la première fois, j'allais agir sur mon sort au lieu de le subir. C'était à moi qu'il revenait de construire un futur acceptable pour notre famille. Soit en retrouvant Sarah, soit en l'enterrant définitivement.

2

Je reconnus facilement Marie à l'aéroport de Nîmes : jolie, blonde, l'air gourmand et le rire au bord des lèvres. Comme sur les photos.

Son petit garçon avait grandi depuis Noël dernier. Il était dans les bras d'une brunette de treize, quatorze ans, notre âge, quoi. Je ne m'y attendais pas et mon sourire se figea. Liam, lui, était ravi.

« Tu as vu la fille ? À nous les petites Françaises ! »

Elle n'était pas très petite, cette Française-

là. Je la trouvai même plutôt intimidante avec son visage fin et sérieux, ses cheveux mi-longs serrés dans une barrette et son short soigneusement effrangé.

Marie m'embrassa et me dit que j'étais devenu un vrai jeune homme. J'avais peur qu'elle ne se mette à chercher des ressemblances avec papa et maman, mais elle se contenta de me dire que j'avais gardé ma fossette au menton, et Liam se fit expliquer le mot, qu'il ne connaissait pas. Les bagages n'en finissaient pas de tourner sur le tapis roulant, nos sacs se faisaient attendre. La conversation était un peu contrainte. Marie nous présenta la brunette :

« Louise est la nièce de notre gardian.

— Gardian? fit Liam.

— L'homme qui s'occupe du bétail, au ranch; notre *cow-boy* en quelque sorte! Louise est venue m'aider avec Béranger. Comme ça, je serai plus disponible pour vous! »

J'allais répondre que nous n'étions pas des bébés quand le petit Béranger échappa à l'attention de sa baby-sitter, trop occupée à bavarder avec Liam. Et bien entendu, ce fut moi qui courus après le gamin, reçus ses hurlements dans les oreilles et ses coups de pied dans le ventre quand je le rapportai à sa mère.

« Excuse-moi », dit Louise.

Je lui lançai un regard noir.

« Tu parles français? insista-t-elle.

— Il est ici pour apprendre! sourit Marie. Interdiction absolue de prononcer un seul mot d'anglais. *Understood?* »

Nous roulions au pas : j'eus le temps de m'habituer à la conduite à droite! Des dizaines de caravanes encombraient la route. J'appris que c'était en raison de la fête des Saintes-Maries-de-la-Mer.

« Pendant deux semaines, la ville est pleine de Tsiganes, nous dit Marie : six ou sept mille personnes venues de toute l'Europe. Il y a des processions, on chante et on danse dans les cafés... Je crois bien qu'aujourd'hui ce sont les jeux de cocardes dans les arènes.

— On y va? fit Liam. Ça doit être hypertypique! »

Je soupirai. Liam se révélait un compagnon de voyage étonnamment agaçant.

« Vous ne voulez pas plutôt aller à la maison? Ça va être l'enfer pour se garer, et je n'aime pas l'idée de mêler Béranger à la foule…

— Je le garderai au bras, promit Louise. Ils doivent voir ça une fois dans leur vie, ces pauvres Anglais!

— Irlandais!

— Oh, pardon! »

Louise resta donc avec Béranger pendant que Marie nous emmenait vers les arènes. Personnellement, je n'aime pas la foule. Un jour, à un match de football, j'ai vu des hooligans anglais s'en prendre à des spectateurs tranquilles, juste pour le plaisir de la bagarre.

Là, bien sûr, c'était différent. Mais ce mélange de touristes et de Tsiganes au teint sombre, d'hommes moustachus et de femmes dégoulinantes d'or, en longues jupes à volants, me donnait le tournis… Il faisait chaud, la musique était assourdissante, les haut-parleurs hurlaient à pleine voix. Et encore, ce n'était rien à côté de la folie qui régnait dans les arènes.

Les toreros qui se succédaient (à peine plus vieux que moi) devaient attraper une rose de papier placée entre les cornes d'une vachette, sous les « Olé! » de la foule. Puis ils l'offraient à une jolie fille de l'assistance, tandis que le taureau suivant et son torero faisaient leur entrée. Liam, saisi par l'excitation collective, poussait des « whollè ! » à crever les tympans.

Soûlés par le bruit, nous revenions vers la voiture quand j'eus l'idée d'acheter une carte postale pour maman.

« Dépêche-toi, cria Marie, je dois préparer le dîner ! »

Je sortis de la boutique en comptant ma monnaie. Soudain une Tsigane m'empoigna le bras, déplia ma main, paume vers le ciel, et s'empara des pièces.

« La bonne aventure, je dis la bonne aventure ! Pas cher, pas cher ! »

Marie, contrariée, tenta de s'interposer. Près de la femme, une fillette mince aux cheveux emmêlés observait gravement la scène. Louise lui sourit et lui dit quelques mots. La gamine se cacha derrière la longue jupe de sa mère, laissant juste apparaître un œil grand ouvert… et bleu.

« Laissez-le, dit Marie à la Tsigane, il ne comprend pas, c'est un étranger… »

Mais la femme avait déjà posé son doigt sur ma ligne de vie et psalmodiait quelques mots. Soudain, elle me regarda comme si

j'étais le diable en personne, poussa un cri de bête effrayée et lâcha brutalement ma main. Puis elle s'enfuit en courant, échevelée, suivie de la petite sauvageonne aux yeux clairs.

Je restai muet, choqué. Marie nous embarqua prestement en voiture. Liam fit quelques plaisanteries vaseuses inspirées du film *L'Exorciste* qu'il avait vu au ciné-club du collège : d'après lui, j'étais la réincarnation d'un démon celtique et j'avais envoûté la sorcière. Louise semblait mal à l'aise.

« Ne plaisante pas avec ça », fit-elle.

Je la regardai avec attention.

« Tu as compris ce qu'elle a dit? »

Elle hocha la tête.

« Mon père est manouche, fit-elle.

— Il est quoi?

— Manouche. Tsigane du Nord, si tu préfères.

— Alors, qu'est-ce qu'elle a vu, dans ma main?

— Un voyage, une rencontre... Je ne comprends pas pourquoi elle a paniqué. Jusque-là, c'était plutôt classique... »

Marie conduisait, concentrée. Liam, assis à sa droite, regardait le paysage. Il aurait bien voulu être assis à l'arrière, à ma place, près de Louise.

« Tu n'as pas l'air tsigane, dis-je.

— Ma mère est ce que les Manouches appellent une *gadgé*. Une Blanche, une Française, quoi. Moi aussi... Nous habitons Nîmes, et à part le nom de mon père, personne ne peut savoir que je fais partie des gens du voyage. D'ailleurs, je ne voyage pas...

— C'est pas très clair », observai-je.

Marie vint au secours de Louise.

« Les Tsiganes sont arrivés des Indes au Moyen Age. Aujourd'hui, on distingue trois grandes familles : les Manouches, comme le père et l'oncle de Louise, qui viennent du Nord, les Roms, qui viennent de l'Est, et les Gitans, qui viennent d'Espagne et des pays du Sud.

— Mais ceux qui ne vivent pas dans des roulottes, ils sont quand même tsiganes?

— Oui, bien que sédentaires.

— Et la femme, tout à l'heure?

— Elle, c'est une nomade, dit Louise. Vous avez vu comment sa fille a détalé? Une vraie petite sauvage... C'est la règle. La tradition, plutôt : pas de contact avec les *gadgés* autre que commercial! Du coup, leurs enfants nous craignent...

— Et c'est vrai, ce qu'on dit, à propos du don de double vue? insistai-je.

— Moi j'y crois..., murmura Louise. Pas dur comme fer, mais... »

Elle se tourna vers moi.

« Les Tsiganes sont très religieux. Leur existence est une suite ininterrompue de pèlerinages. Ils ont vraiment la foi, de façon viscérale. Certains appellent ça de la superstition.

C'est difficile à expliquer. Tu verras, si tu assistes à leur procession, tu seras pris malgré toi dans cette ferveur…

— Quelle procession?

— La fête, aux Saintes-Maries, dit Marie, a lieu tous les ans, à la fin mai. C'est le plus grand pèlerinage d'Europe. Tous les Tsiganes s'y retrouvent. Ils ont choisi pour patronne Sara, la servante noire de sainte Marie Jacobé et sainte Marie Salomé. Ils occupent la crypte de l'église et prient. On dit que des miracles se produisent. Que les femmes stériles tombent enceintes, que les paralysés remarchent, que les malades guérissent… Le dernier jour de la fête, les Tsiganes portent la statue de Sara jusque dans la mer, en procession, et tout le monde crie "Longue vie à sainte Sara!" »

Sarah. Le prénom de ma sœur disparue.

Nous avions quitté le centre-ville. La voiture dépassa plusieurs mas, à droite et à gauche de la route. C'étaient des bâtisses blanches et basses, composées de plusieurs ailes qui semblaient avoir été rajoutées au fur et à mesure des besoins. Un peu à l'écart s'élevait la « maison du gardian », petite, carrée d'un côté, arrondie de l'autre.

Le faîte du toit, blanchi à la chaux, était piqué d'une croix de bois un peu penchée. La couverture de chaume ne commençait qu'aux deux tiers de la pente. Cela me faisait penser aux chaumières traditionnelles que l'on trouve dans l'Ouest de l'Irlande.

Marie et Thierry habitaient un mas recouvert de tuiles rouges, sans autre dépendance que les écuries. Dans l'aire de dressage, un petit homme sec et moustachu faisait tourner un cheval au bout d'une longe.

« C'est José, mon oncle, dit Louise. Le meilleur dresseur de la région. »

Thierry nous souhaita la bienvenue. C'était un homme de trente ans environ, athlétique, qui me plut d'emblée. Je compris pourquoi Marie l'avait épousé : elle pouvait quasiment disparaître dans ses bras. Non que Marie eût l'air d'une faible femme. Mais à certains moments son regard se voilait, et je savais pourquoi.

Il y avait une grande salle blanchie à la chaux, avec une cheminée de briques et des tas d'objets au mur qui évoquaient la manade. Les chambres, à l'étage, étaient de petites cellules blanches avec des lits bas et des placards encastrés. Tout ce que j'aimais. J'étais loin des lourdes tapisseries et des meubles en acajou de la maison de Cork ! Et loin du dortoir poussiéreux du collège.

« Finn ! cria Marie d'en bas. Si tu veux appeler chez toi, n'hésite pas !

— Sa mère a déjà téléphoné, fit Thierry. Je lui ai dit de ne pas s'inquiéter. »

S'il la connaissait, songeai-je, il saurait que c'est impossible.

Ce premier soir, malgré la fatigue du voyage, j'eus du mal à m'endormir. Le séjour s'annonçait plus difficile que prévu. À cause du petit Béranger, dont il fallait s'occuper après le départ de Louise, puisqu'elle dormait chez son oncle, au-dessus des écuries.

À cause de Liam aussi, qui craignait les moustiques et avait vaporisé une bombe entière d'insecticide. Et qui avait préféré se bourrer de pain plutôt que de goûter au « bœuf gardian » de Marie.

Mais surtout, je restais obsédé par le visage de la Tsigane. Qu'avait-elle lu dans ma main ? Et pourquoi l'éclat bleu du regard de la petite fille me poursuivait-il ?

3

Le lendemain matin, nous partîmes visiter la manade à cheval. J'aurais préféré effectuer seul cette reconnaissance des lieux. C'était ici que j'avais été heureux pour la dernière fois, avec ma sœur, mon père, ma mère, mes grands-parents... Je pensais naïvement qu'un souvenir, un indice, allait remonter à la surface et me guider vers la résolution du mystère.

Au lieu de cela, je dus subir le jacassement de Liam, qui ne cessait de complimenter Louise sur sa façon de se tenir en selle, d'attacher ses cheveux, et même de rire en rejetant la tête en arrière. Son plan drague n'était pas des plus fins...

Les champs s'étendaient à perte de vue. Les taches argentées indiquaient les étangs, et les taches blanches les marais salants. Cette imbrication permanente de l'eau dans la terre ne m'évoquait en rien les côtes du Connemara, à l'ouest de l'Irlande. La Camargue était aussi plate et écrasée de lumière que mon pays était accidenté et sombre.

Il faisait chaud. Je regrettai de ne pas avoir pris de chapeau comme Marie me l'avait conseillé. Non que la brûlure du soleil me gênât, mais je savais que, ce soir, ma peau de blond ressemblerait à une lampe à infrarouges...

José et Thierry galopaient parmi les herbes folles en faisant jaillir des gerbes d'eau. Hérons et flamants roses planaient à l'horizontale au-dessus des lacs. Ici et là, de petits chevaux blancs batifolaient, des taurillons aiguisaient leurs cornes sur des souches d'arbres. Pourquoi me sentais-je aussi abattu? Tout cela était exotique, parfait, mais à dire vrai, j'attendais autre chose de ce pèlerinage.

Je rentrai au mas, déçu de n'avoir trouvé aucun indice au cours de cette longue promenade à cheval. J'avais attrapé de tels coups de soleil que Marie insista pour que je reste à l'intérieur jusqu'au soir. Liam, presque aussi rouge que moi, s'enduisit le visage d'écran total et s'incrusta avec Louise dans le corral, où José apprivoisait un cheval sauvage.

Béranger faisait la sieste.

J'étais seul avec Marie. Depuis mon arrivée, je guettais en vain un signe d'intelligence, une allusion à mon premier séjour en Camargue. Marie avait-elle gommé le passé?

« Heu!... la procession des Saintes-Maries, fis-je, je voudrais bien y aller... Si des miracles se produisent, peut-être que... La patronne des Tsiganes s'appelle Sarah. Comme... »

Ma voix dérapa. Le regard de Marie était intense, douloureux.

« Je me demandais... As-tu des photos d'avant? »

Marie s'approcha doucement et déposa un baiser sur ma joue.

« Je ne voulais pas en parler la première. Viens. »

L'album était dans le buffet, sous la bibliothèque. Je tournai les pages d'une main fébrile. Marie à dix-huit ans, posant devant la maison de Dublin, celle où mon père vivait toujours, avec sa nouvelle femme. Marie avec Sarah et moi. Marie avec mes parents, et nous deux sur le ferry-boat.

« Et voici Sarah avec Burr, dit Marie. Tu te souviens de son koala en peluche? Elle le traînait partout... Ta grand-mère a pris cette photo. C'était elle qui m'avait présentée à tes parents... Elle avait connu ma mère en vacances. Je voulais apprendre l'anglais... »

Elle soupira et tourna une autre page. Des coupures de journaux tombèrent par terre. Avec des titres accrocheurs. L'image de la voiture accidentée. Maman cachant son visage dans ses mains. Moi, la bouche ouverte, l'air ahuri. En ramassant les papiers jaunis, je fourrai une coupure dans ma poche, en cachette de Marie qui murmurait, les yeux baissés :

« Ç'a été dur pour moi aussi... Je me sentais tellement responsable... Puis j'ai rencontré Thierry. Et Béranger est arrivé... J'ai eu de la chance... La vie continue, Finn... »

Je ne répondis pas. Cette voix, celle de la sagesse, je l'avais déjà entendue. Comment expliquer à des gens raisonnables que je conservais le secret espoir de retrouver Sarah, afin de la ramener à maman et de gagner ainsi mon droit au bonheur? Je ne pouvais rien dire de tel sous peine de passer pour un cinglé. Ni même reparler de cette Tsigane, dont le regard me poursuivait.

Louise et Liam nous découvrirent perdus dans nos pensées, l'album ouvert sur nos genoux. Marie me jeta un œil interrogatif. Allais-je les mettre au courant? Leur révéler le vrai motif de mon séjour en Camargue? Je songeai à ces dix années où j'avais soigneusement évité de prononcer le nom de ma sœur. Le silence n'avait pas diminué ma peine, loin de là.

« Il faut que je vous dise..., commençai-je. C'est compliqué, voilà. Marie... Heu, j'avais une petite sœur qui s'appelait Sarah...

— Une sœur? Je croyais que tu étais fils unique! » fit Liam.

Marie posa une main sur mon genou.

« Elle a disparu. Pas très loin d'ici. J'étais chargée de m'occuper d'elle... et de Finn. »

Elle se moucha. Ahuris, Louise et Liam attendaient la suite.

« Nous étions en vacances, commençai-je d'une voix mal assurée. Papa, maman, mes grands-parents maternels, Marie, Sarah et moi. J'avais quatre ans, ma sœur deux, à peine. Mes parents ont voulu assister à une corrida, ma grand-mère avait horreur de ça. Il faisait lourd, nous sommes partis chercher la fraîcheur en montagne. Mon grand-père conduisait. Marie était derrière, avec nous deux. Nous avons été pris dans une nappe de brouillard, la route était mauvaise, et la voiture a culbuté dans un ravin.

— Au bout d'un moment, dit Marie, j'ai réussi à ouvrir une portière. Finn n'avait rien, mais hurlait de peur. Je l'ai sorti de l'auto. Les grands-parents ne bougeaient plus. Sarah… Il y avait du sang qui coulait sur son visage. Elle semblait dormir. Mais quand je l'ai touchée, elle a frémi. J'ai détaché sa petite chaise, que j'ai posée par terre, avec elle dedans. Je voulais grimper sur la route pour arrêter une voiture. Finn pleurait toujours. Je ne pouvais pas lui tenir la main et porter le siège en même temps. J'avais peur d'aggraver l'état de Sarah en la remuant. Alors je l'ai portée à l'écart, sous un arbre, pour qu'elle ne soit pas blessée au cas où la voiture exploserait, juste le temps de chercher du secours. Ça n'a pas été long, je crois. Enfin, il fallait quand même escalader le talus. Avec Finn. Une auto est arrivée, le conducteur est parti prévenir la police, sa femme est descendue avec nous pour trouver Sarah. Mais il n'y avait plus personne dans la petite chaise. Elle avait disparu. »

Louise et Liam nous regardaient, les yeux écarquillés.

« On a fait des recherches?

— Bien sûr... Tout ce qui était possible, fis-je. Après, ma mère n'a plus jamais été la même. Mon père, lui... bah, c'est un type froid! Insensible, comme tous les médecins...

— Les médecins ne sont pas insensibles! protesta Louise.

— Lui, si. Bref, ils ont rompu – le divorce est interdit en Irlande[1] –, il s'est trouvé une nouvelle femme et a refait des enfants... Un de perdu, dix de retrouvés!

— Finn! gronda Marie doucement.

— Tu ne peux pas dire ça, renchérit Liam.

— Je vais me gêner, peut-être! criai-je.

---

1. Au moment où ce roman a été écrit, le divorce était encore interdit en Irlande. Il ne l'est plus depuis le référendum de décembre 1995.

C'est pas lui qui se paye les crises d'angoisse de ma mère! Vous croyez que c'est drôle de se sentir coupable chaque fois que je m'éloigne d'un pouce? »

Je sortis de la pièce à grandes enjambées. Dehors, José faisait inlassablement tourner son petit cheval blanc. Un vélo était posé contre la barrière. Sans réfléchir, je grimpai dessus et quittai le mas.

La coupure de journal, pliée en quatre dans la poche arrière de mon short, me collait aux fesses tandis que je pédalais vers les Saintes-Maries-de-la-Mer. Un quart d'heure plus tard, cuit et recuit par le soleil, j'entrai dans la petite ville. J'avais une idée fixe : retrouver la Tsigane de la veille.

Je parcourus les rues dans tous les sens. En vain. J'aurais pourtant reconnu sans difficulté ma diseuse de bonne aventure : elle était plus mince que les autres, grande, très droite, avec cet air farouche et mystérieux qui m'avait glacé. Près des arènes, sur les places, devant l'église, elles étaient des dizaines en jupe longue et foulard sur la tête, traînant derrière elles des ribambelles d'enfants sales, et arrêtant les passants, parfois de force, pour leur prédire l'avenir. Mais je n'en cherchais qu'une : MA voyante.

J'allais me résigner à rentrer quand j'aperçus une fillette aux cheveux emmêlés. Avait-elle les yeux bleus? Discrète et agile, elle se faufilait à travers les étals du marché. Je la suivis. Quand elle jeta des coups d'œil furtifs à droite et à gauche, avant de glisser adroitement un chou-fleur dans son cabas, je la reconnus, et sentis à nouveau la bizarre attraction de la veille. Les gens trébuchaient sur mon vélo et me lançaient des reproches que je ne comprenais pas. J'étais fasciné par l'adresse de la petite voleuse. Une poignée de bonbons rejoignit le chou-fleur. Puis un chapelet de saucisses, qu'elle tira si doucement que personne ne s'en aperçut.

« Mais bouge-toi, mon garçon, reste pas planté là comme un piquet! »

Je n'avais pas saisi qu'à force d'observer bouche bée la gamine, je finirais par la faire repérer.

« Qu'est-ce que tu regardes comme ça? Oh! la sale gosse! »

Imbécile que j'étais! Le boucher l'attrapa par le bras pendant que son commis vidait le sac... La petite Tsigane se démenait en jetant des regards effrayés autour d'elle. Enfin, je me réveillai :

« Je vais payer! fis-je. Combien? »

Les badauds s'indignaient : « Sales Gitans, de la mauvaise graine, on les dresse pour voler! – Pensez-vous, ils ont ça dans le sang... », etc. Le boucher tenta de me dissuader de régler les saucisses, il allait appeler un agent de police. À ce mot, la fille se débattit de plus belle. Je sortis un billet de cent francs, le quart de ma fortune.

« Bah, si ça te chante! Mais que je ne la revoie plus rôder par ici! »

L'enfant mordit la main qui la retenait prisonnière et s'enfuit en abandonnant ses provisions. Le temps que le commerçant m'emballe la viande et que j'attrape mon vélo, elle avait disparu.

J'avais l'air fin avec mon paquet et mes cent francs de moins! Mon seul lien avec la Tsigane s'était envolé. Jamais je ne saurais ce qu'il y avait de si terrible dans la paume de ma main. Dans mon avenir.

Non, je ne pouvais pas me résigner si facilement.

J'abandonnai les saucisses sur un bord de fenêtre, enfourchai mon vélo et sillonnai la ville... Enfin, au détour d'une ruelle, je

l'aperçus, avec ses longs cheveux noirs flottant dans son dos. Mon cœur fit un bond dans ma poitrine. Ce n'était pas seulement le plaisir du chasseur qui retrouve sa proie. C'était plus fort, plus profond, plus mystérieux aussi. Comme si quelque chose de surnaturel me liait à l'inconnue.

« Attends ! Je ne te veux pas de mal ! » criai-je.

Elle détala, je la poursuivis, elle se faufila dans un passage étroit entre deux maisons, il me fallut descendre de vélo et le porter sur l'épaule... Elle en profita pour disparaître une nouvelle fois. Je commençais à en avoir sérieusement assez. Mais mon obstination paya : je réussis à la localiser dans une impasse bordée de villas, courant vers un grand champ rempli de caravanes : en terrain découvert, elle ne pouvait plus m'échapper.

4

Tous les sens en éveil, je restai un long moment debout, immobile en bordure du camp. J'observais. Autant qu'on m'observait.

Je compris rapidement que les roulottes n'étaient pas disposées par hasard sur l'herbe sèche, mais qu'elles formaient des cercles successifs au centre desquels se trouvaient des tables et des chaises en plastique, un barbecue, un réchaud, des bidons d'eau, de la ferraille, des sacs-poubelle fouillés par les chiens. Du linge séchait un peu partout. Six ou huit caravanes déterminaient ainsi un petit territoire, et le camp était composé de dizaines de concentrations semblables. Aucune barrière ne m'empêchait d'entrer et pourtant il semblait impossible de franchir la limite au-delà de laquelle l'herbe n'était plus piétinée, les détritus ne s'entassaient plus, et les branches d'arbres ne servaient plus à faire sécher des chemises à carreaux.

Le déjeuner se préparait. Les femmes allumaient le feu, y grillaient de la viande, lavaient des salades dans des bassines en plastique, pendant que les hommes jouaient aux cartes en buvant un apéritif. Chacun vaquait à ses occupations sans hâte et presque sans parler. Près de la caravane où avait disparu la gamine aux yeux bleus, se tenait un grand type en maillot de corps qui semblait être le chef du clan. Il circulait entre les groupes en donnant des ordres, que personne ne discutait.

Une jeune fille sortit de la roulotte que je guignais. L'homme lui lança un regard interrogatif.

« La tante dit qu'elle ne veut pas manger… », répondit la fille en français, ce qui eut pour effet de les faire tous (enfin) changer de langue.

Je songeai un instant au mélange de gaélique et d'anglais que nous parlions en Irlande. Apparemment, il en était de même chez les Tsiganes... Le respect des traditions et des cultures ne résistait pas à la langue dominante de la télévision.

L'homme cracha par terre et frappa au carreau.

« Fabiola! cria-t-il. Je vais me fâcher! T'as déjà pas travaillé ce matin! Qu'est-ce qui se passe? »

Il ouvrit la porte, je m'approchai pour mieux voir, et qui vis-je apparaître dans l'encadrement? Ma petite voleuse aux yeux bleus!

Elle m'aperçut, prit peur, sauta au bas des marches et courut comme une biche vers deux garçons qui réparaient un camion. Une petite fille d'environ sept ans déboula à sa suite en criant :

« Sarah! Sarah! Attends-moi! »

Elle se retourna. Elle s'appelait Sarah, comme ma sœur. Une petite voix au fond de moi me soufflait : « C'est elle, tu l'as retrouvée! » J'avais envie de courir vers elle, mais je restais paralysé par le regard de défi, plus encore que de peur, qu'elle me lança. Si la fillette était bien ma sœur, elle aurait dû ressentir la même chose que moi, cette fascination incroyable, cet appel du sang. Or, elle se montrait hostile. Je fis un pas. Elle murmura quelques mots aux garçons en me désignant du doigt. Ils approchèrent, menaçants, et la sueur qui coulait dans mon dos devint glaciale.

« Qu'est-ce que tu veux? »

J'avalai ma salive. Un petit groupe se formait autour de moi.

« Il a un beau vélo, le *gadgé* !

— Vise-moi le dérailleur!

— Je voudrais parler à la mère de Sarah, énonçai-je le plus fermement possible.

— Mais peut-être qu'elle tient pas à te parler, t'y as pensé?

— Écoutez, je ne vous veux aucun mal... (Je m'adressai à Sarah.) Dis-leur comment je t'ai sauvée des gendarmes! »

Les garçons toisèrent l'enfant.

« Quels gendarmes? »

Sarah ne répondit pas.

« De toute façon, on n'aime pas que les garçons comme toi s'approchent de nos sœurs ou de nos cousines. Alors dégage avant qu'on se mette vraiment en colère... »

J'allais obéir quand le « chef » sortit de la roulotte, accompagné d'une femme haute et droite, avec les cheveux tirés en arrière, ce qui lui donnait un air encore plus sévère : Fabiola, « ma » Tsigane. Je me précipitai vers elle.

« Madame, je voulais vous parler! Hier… »

Mais lorsqu'elle m'aperçut, la femme se pétrifia. Son regard noir me transperça et je ne pus m'empêcher de me recroqueviller. Elle dirigea deux doigts croisés vers ma tête, en articulant d'une voix d'outre-tombe :

« Hors d'ici! Hors de ma vue!

— T'as entendu? dit l'homme. Fiche le camp d'ici!…

— Oiseau de malheur! Chasse-le, mon frère! Chasse-le! »

Que pouvais-je faire, seul contre tous? Je lançai un dernier regard à Sarah, à moitié enfouie dans les jupes de la Tsigane, et grimpai sur mon vélo, le cœur chaviré.

L'enfant s'appelait Sarah. Elle avait les yeux bleus. Une douzaine d'années. Je représentais une menace pour sa mère… ou plutôt la femme qui se faisait passer pour sa mère. Une Tsigane, une nomade appartenant à ces familles qui traversent les frontières plusieurs fois par an, et sont donc capables de passer entre les mailles du filet policier.

Avais-je le droit d'espérer? Je décidai que oui.

J'arrivai au mas dans une ambiance de crise. Lors de mon départ précipité, Marie avait dissuadé Louise et Liam de me suivre, pensant que je souhaitais être seul. Ce qui était vrai. Mais trois heures plus tard, je n'étais toujours pas revenu et mes hôtes se rongeaient les sangs. Quand ils apprirent que j'étais allé au camp des Tsiganes, ils me passèrent un savon et menacèrent de me renvoyer à Cork par le premier avion.

« C'est ma sœur, j'en suis sûr! dis-je. Ils la gardent prisonnière! Si seulement j'avais pu voir son front...

— Pourquoi? fit Louise.

— L'accident... Sarah avait du sang sur le visage, qui coulait d'une blessure à la tempe. Elle doit avoir une cicatrice... »

Il y eut un silence.

« Voyons, Finn, reprit Marie, sois raisonnable! Il n'y a pas une chance sur un million! Et pourquoi l'auraient-ils prise? Leur propre marmaille ne leur suffit pas?

— Cette discussion est indécente, tonna Thierry. On ne traitera pas, dans ma maison, les Tsiganes de voleurs d'enfants!

— Enfin, criai-je, Sarah a bien disparu, non?

— Il y a chaque année des dizaines de disparitions inexpliquées, dit Marie. On en a même fait une émission à la télévision! Dans le cas des enfants…

— Oui?

— On pense qu'ils sont revendus à l'étranger, à des couples stériles. Ou utilisés pour passer de la drogue…

— Mais comment?

— On cache des sachets dans leurs couches… Les plus grands, on les oblige à mendier, parfois en les mutilant…

— Thierry! » gronda Marie.

J'avais la nausée et une grosse boule dans la gorge.

« Liam, murmurai-je, dis-leur de me croire! Aide-moi… »

Louise s'éclaircit la gorge.

« J'ai vu la cicatrice, dit-elle.

— Toi? Quand?

— Hier, pendant que je vous attendais, avec Béranger, près de la voiture. Elle avait une cicatrice sur la tempe droite. Ici. »

Elle toucha mon front. Tout s'emmêlait dans ma tête. Je revis ma sœur sur sa petite

chaise. De quel côté était le sang? Je ne savais plus. À gauche. Oui, à gauche. Ma théorie s'effondrait. Non! Sarah me faisait face. À gauche pour moi, c'était à droite pour elle. Et Marie qui ne disait rien! Avait-elle oublié? Voulait-elle oublier?

« C'est ma sœur! Croyez-moi, c'est elle! Je l'ai senti, dès la première minute! »

J'avais du mal à m'exprimer en français, les mots se bousculaient.

« Le jour de l'accident, tu te souviens, Marie, nous portions des polos avec notre nom dessus. Grand-mère les avait achetés au marché. Un type collait les lettres à la demande, au fer à repasser. C'est comme ça que cette femme, Fabiola, a connu son prénom. Ma sœur ne parlait pas encore, elle ne pouvait pas dire qu'elle s'appelait Sarah... »

Il y eut un long silence. Marie posa sa main sur celle de son mari.

« Thierry, je sais ce que tu penses, mais écoute-moi. Allons ensemble au camp des Tsiganes. Dès demain. Pour dissiper tout malentendu. On ne peut pas laisser Finn avec cet espoir insensé...

— Entendu, soupira Thierry à contrecœur. Mais vous me laisserez leur parler. Et... Marie, tu mettras une jupe, s'il tc plaît. »

Je ne dormis guère cette nuit-là. Liam était furieux après moi. Je lui gâchais ses vacances, son plan avec Louise, tout, quoi. Il ne me reconnaissait pas, disait-il : au collège j'étais un type plutôt cool, pas très expansif mais sans histoire. Football, boulot, dodo, l'uniforme bien repassé et la casquette d'aplomb. S'il avait su l'effet que me ferait le soleil du Midi, il aurait choisi un autre compagnon d'aventure! Comme je ne répondais pas, il ajouta que c'était pour mon bien qu'il me disait tout ça, parce que si je continuais à me pourrir la vie avec cette vieille histoire, aussi triste soit-elle, on allait me rapatrier en ambulance chez les zarbis.

Je n'écoutais plus. En observant la coupure de journal, sous ma couverture, avec ma lampe électrique, j'avais vu la Sarah que maman se rappelait. Pas la petite Tsigane, mais un gros bébé propre et bien coiffé qui caressait sa peluche préférée. Je me disais que si j'arrivais à ramener Sarah à la maison, maman redeviendrait comme avant, douce, patiente, heureuse.

Thierry savait où se trouvait le camp. Il se gara à une certaine distance, verrouilla les portières de l'auto et se dirigea lentement vers le terrain vague, suivi par Marie en longue jupe flottante, et moi. Il n'avait pas encore franchi le périmètre virtuel que l'Oncle se tenait devant nous, les jambes écartées, les poings sur les hanches.

« Qu'est-ce que vous voulez encore? »

Thierry se présenta, me présenta et s'excusa pour mon intrusion de la veille. Mais, dit-il, une certaine Mme Fabiola m'avait effrayé en prédisant mon avenir, et je m'étais imaginé des tas de choses, vous savez comment sont les jeunes, bla bla bla.

Bref, il me traitait carrément de débile.

« Ma sœur dit ce qu'elle voit, fit l'Oncle. Elle ne peut pas changer le destin, même pour des pièces d'argent.

— Bien sûr... C'est ce que nous avons dit à Finn. Heu... Une petite fille accompagnait madame votre sœur, ce jour-là. C'est votre nièce? »

L'homme hocha la tête. Derrière lui, la porte de la caravane s'entrouvrit légèrement. Sarah écoutait-elle? Ou était-ce Fabiola?

Marie prit la parole, malgré le geste de Thierry pour l'en empêcher.

« Excusez-nous, je sais que c'est ridicule, fit-elle, mais Finn a l'impression d'avoir déjà vu Sarah quelque part. Nous n'arrivons pas à le convaincre de son erreur. Alors si Fabiola voulait bien lui expliquer, avec ses propres mots, où et quand est née cette enfant, nous serions débarrassés d'un gros poids, vous voyez ce que je veux dire? »

L'Oncle éclata de rire, imité par les autres Tsiganes qui faisaient cercle autour de nous.

« Sarah? On était tous là quand elle a poussé son premier cri! Dis-lui, Ines! »

Pendant que les matrones racontaient l'accouchement de Fabiola, avec plein de détails que j'aurais préféré ne pas entendre, genre « La petite s'est présentée coiffée, un soir de pleine lune, par le siège » et « On a enterré le placenta au pied d'un figuier » et « On a offert ses premiers cheveux à la Vierge noire », etc., je m'esquivai discrètement. J'avais aperçu Fabiola près de la fontaine, un seau à la main. Elle observait notre groupe de loin, plus raide et menaçante que jamais. Je m'approchai à pas de loup de la caravane, où, pensai-je, la fillette devait être seule.

« Sarah, c'est moi, murmurai-je. Ouvre, n'aie pas peur, fis-je. Je veux juste te parler… »

Je n'eus pas le temps de voir d'où ça venait ni comment. En quelques secondes, je fus jeté à terre et bourré de coups de pied.

Quand je repris conscience, j'étais dans la voiture de Thierry et Marie et le paysage défilait à toute allure derrière les vitres. Ma tête tournait. J'avais mal à la lèvre, aux côtes. Je saignais du nez et ma bouche était pleine de terre.

5

José me vit sortir de la voiture en boitant, le visage tuméfié.

« Tu devrais goûter à mon liniment, fiston ! » me cria-t-il.

J'ignorais ce mot, mais je ne voulais rien demander à Marie. Celle-ci me tapota l'épaule gentiment :

« C'est une sorte de baume qu'il fabrique lui-même. Moi, je n'ai que du mercurochrome à te proposer. Choisis ! »

Je claudiquai jusqu'au corral et me laissai tomber à terre en grimaçant, le dos appuyé contre la barrière. José lâcha sa longe, marcha tranquillement jusqu'aux écuries d'où il revint avec une bouteille poisseuse. C'était un homme à peine plus grand que moi, tout en muscles et en nerfs. Silencieux mais aux aguets, les cinq sens en éveil. Je suppose que c'est une habitude que l'on acquiert au contact des bêtes. Quand il parlait, c'était dans sa moustache, qui lui descendait presque jusqu'au menton.

« Louise m'a tout raconté, dit-il. Ce sont mes frères qui t'ont arrangé comme ça? Faut que tu l'aies cherché, fiston! »

Il me frictionna les côtes et je serrai les dents sous la brûlure. Peu à peu, la douleur s'estompa. Je me détendis.

« Ils sont vraiment vos frères? Vous êtes tous apparentés? demandai-je.

— Plus ou moins... Tu dois essayer de comprendre, mon gars : les Tsiganes n'aiment pas que les *gadgés* se mêlent de leurs affaires. Nous sommes un peuple ancien et fier... Tu vois ce cheval? Eh bien autrefois, les chevaux, c'était toute notre vie. Acheter, soigner, vendre... Les gens nous attendaient dans les villages, nous faisaient fête : un paysan, sans son cheval, n'était rien. Et nous, on savait lequel il lui fallait, en fonction des tâches à accomplir, du climat, du fourrage... Nous n'étions pas tous maquignons. Il y avait des ferblantiers, des rétameurs, des vanniers... Le travail, mon garçon, c'est la fierté de l'homme. Alors quand ces métiers ont disparu, les Tsiganes ont commencé à gêner. Nous n'avons plus trouvé de place pour garer nos caravanes. Nous sommes devenus ferrailleurs, nous avons fait les marchés. On nous traitait de voleurs et de souillons. On ne nous faisait plus fête dans les villages : on nous jetait des pierres! Ensuite, les autorités s'en sont mêlées. On nous a fait des tracasseries pour les papiers, pour les vaccins, pour l'école...

— C'est pour ça que vous avez cessé de voyager? » demandai-je.

José hocha la tête tristement.

« J'en ai la nostalgie... Comme tous les Tsiganes sédentarisés... Mais je ne voulais pas élever des enfants dans la boue et le froid... Ils nous parquent dans des terrains insalubres, ils nous repoussent toujours plus loin, c'est pas une vie... (Il sourit.) Et pour finir, je suis resté garçon! sans descendance!

— Pauvres gamins! soupirai-je. Ils doivent être si malheureux.

— Détrompe-toi! rétorqua-t-il vivement.

Ce sont les enfants les plus heureux du monde! De vrais petits rois! Ridiculement gâtés par leurs mères. Ce qui ne les prépare guère aux duretés de la vie. Mais c'est comme ça, chez les Tsiganes : on ne vit que pour l'instant présent… et les souvenirs du passé. »

Je pris une profonde inspiration et ma douleur aux côtes se réveilla.

« Est-ce que vous pourriez leur parler? demandai-je. Moi, j'ai tout gâché. L'Oncle, Fabiola, ils cachent quelque chose… Sarah… C'est rare, non, chez vous, une fille unique?

— Je sais ce que tu cherches. Mais nous ne volons pas les enfants, Finn. Mets-toi bien ça dans la tête. »

José reprit sa longe et caressa l'encolure du cheval, qui se cabra. Il lui parla doucement à l'oreille, comme à un être humain, l'encourageant et le rassurant.

« Tu vois cet étalon? Moi aussi, j'ai eu une sale matinée, si tu veux savoir. M'sieu Thierry était pressé, vu qu'il y avait un acheteur, au village, qui le tannait. Résultat, j'ai monté le cheval trop tôt, et il m'a désarçonné… T'aurais vu… Il était comme fou. Il a sauté par-dessus la barrière et galopé au milieu de la manade.

— Vous l'avez repris?

— Qu'est-ce que tu crois? Mais il faut que je reparte à zéro, maintenant, ou presque. J'aurais jamais dû le brusquer. Il s'en souviendra... C'est qu'il faut du temps pour créer une relation, montrer qu'on a du respect...

— Et ça marche à tous les coups?

— Pas plus qu'avec les gens, grommela le gardian. Le tout, c'est de calculer ses chances... »

Il regarda la bête droit dans les yeux. Le cheval, calmé, accepta le mors... J'en étais presque déçu.

Le dîner fut interrompu par un coup de téléphone de ma mère qui se plaignit de n'avoir aucune nouvelle de moi : il y avait à peine trois jours que j'étais parti! Quand je revins à table, Liam boudait parce que Marie et Thierry refusaient de nous laisser sortir en boîte. Décidément, mes histoires de famille compliquaient la vie de mon copain. Son unique objectif étant de séduire Louise, il avait cherché dans l'annuaire une discothèque ouverte aux mineurs. Et il avait trouvé! Louise, de son côté, semblait partante...

Au collège, on disait que les Françaises

étaient moins farouches que les Irlandaises. Et plus jolies. Louise n'était pas mal avec ses longues jambes bronzées et ses petits seins qui pointaient sous le tee-shirt. Mais si elle avait été affreuse, Liam l'aurait tout autant draguée : il avait parié avec des copains qu'il sortirait avec une fille pendant les vacances. C'est le genre de jeu auquel s'adonnent les types de notre âge après dix mois de pluie, de foot dans la boue, de devoirs sur table et de pères jésuites...

Je restais toujours un peu en retrait dans ces concours de frime. Quand j'étais acculé, pour ne pas avoir l'air trop niais, j'évoquais les risques de sida : c'était bien connu, les Françaises ne se protégeaient pas. Alors très peu pour moi, merci... Les autres se moquaient, pour la forme : ni Liam ni personne ne pensait à coucher. Seulement à embrasser. Et moi qui n'avais jamais rien fait avec une fille, j'avais beau jouer les blasés, je ne trompais personne.

Je ressentis brusquement un grand dégoût de tout. Liam m'avait déçu. Il était mécontent du tour que prenaient nos vacances et ne s'en cachait pas : parti avec un copain, il se retrouvait coincé avec un garçon inconnu, marqué par le destin. Mais cet inconnu, il aurait pu le soutenir, non? L'aider? Au lieu de ne penser qu'à ses minables plans drague...

J'allais monter l'escalier quand j'aperçus, derrière la vitre du salon, Louise qui me faisait de grands signes. Je sortis par-derrière. Elle me dit que son oncle m'attendait aux écuries. Il voulait me parler.

Avait-il appris quelque chose? Je sentais que le gardian voulait m'aider. Pour innocenter ses frères? Ou tout simplement parce que c'était un homme bon?

José n'était plus la personne réfléchie et posée qui m'avait soigné quelques heures plus tôt. Il regardait ses pieds, gêné, maladroit, hésitant. « Mes » Tsiganes étaient partis, m'annonça-t-il. Toute la tribu! Sept ou huit caravanes! Et deux jours avant la procession! Le gardian n'avait jamais rien vu de tel. Ça prouvait bien qu'ils avaient peur de quelque chose. Mon intuition se confirmait.

« La fête des Saintes-Maries, continua José, c'est l'occasion de gagner de quoi vivre pendant des mois, avec tous les touristes qui sont là! Et surtout, c'est un rendez-vous! On y décide les mariages, les fiançailles, tous les projets de l'année! »

Je l'interrompis: « Où ont-ils pu aller? »

C'était difficile à dire. Bien sûr, il y avait des routes traditionnelles et des étapes rituelles : Millau, Béziers, Narbonne, où beaucoup de familles passaient l'hiver. Mais il était trop tôt dans l'année pour entreprendre ce voyage... Toutefois...

Je suppliai José de m'apprendre tout ce qu'il savait. C'était pour moi une question de vie ou de mort. Il me fit promettre de ne pas faire de bêtises, et j'eus un sourire triste. Le mot « bêtises » semblait si enfantin dans sa bouche. Et dans ma tête.

« On m'a dit qu'un mariage se préparait vers Ganges. Ça fait jaser, parce qu'en période de pèlerinage... Une noce tsigane, tu sais, ça brasse du monde... Le vin délie les langues... Mais je t'ai rien dit, hein... »

Une nouvelle piste s'ouvrait devant moi.

La nuit tombait, et déjà de voraces petits moustiques me dévoraient les chevilles. Entre mes coups de soleil et les bleus que m'avaient laissés les cousins de Sarah, il n'y avait pas un endroit de mon corps qui ne fût douloureux. Cependant je me sentais impatient, pas très loin d'être heureux.

Cette nuit-là, dès que Liam fut endormi, je me glissai hors de la maison avec mon sac à dos. Le vélo m'attendait près de la remise. La grille du jardin grinça quand je l'ouvris et je me cachai dans un buisson, dans l'attente d'une réaction. Mais aucune fenêtre ne s'alluma. Le mas et ses habitants étaient profondément endormis.

La voie était libre. J'en profitai pour m'enfuir.

6

Je ne fus pas long à comprendre que j'avais agi comme un imbécile : il fallait vraiment être crétin pour espérer rattraper de nuit, et à bicyclette, un train de caravanes parti des heures plus tôt !

Le paysage était d'une platitude lancinante. Des rizières, des étangs couverts de flamants roses, çà et là quelques langues de terre caillouteuse où deux voitures n'auraient pu se croiser, et des petits chevaux blancs que j'entendais hennir dans l'obscurité.

J'avais pris la vieille route, celle que les

Tsiganes empruntaient, d'après José, depuis plusieurs siècles. Le jour se levait, j'avais mal partout, faim et soif.

Mais si je faisais demi-tour, Marie me mettrait dans un avion pour l'Irlande. « Retour à l'envoyeur, Mrs O'Donnel, je ne veux pas prendre la responsabilité d'un oiseau pareil ! » Et je n'aurais plus, alors, aucune chance de confondre Fabiola, de savoir si « sa fille » et notre Sarah étaient bien la même personne...

Soudain, la route s'élargit, et la densité des maisons augmenta : j'approchais d'un village. On m'avait dit qu'en France les boulangeries ouvraient tôt. Celle-ci était fermée, mais pas le café voisin. L'estomac calé par un grand chocolat et deux tartines beurrées, je sortis sous le soleil levant. La rue principale était déserte, tout le monde dormait encore. J'allais remonter sur mon vélo quand j'aperçus à une centaine de mètres, sur la place de l'église, un homme, mal réveillé, en maillot de corps, qui se grattait la tête. L'Oncle !

J'abandonnai ma bicyclette et avançai prudemment, le dos collé aux façades des maisons. La caravane était bien là, accrochée au camion dont le capot était relevé.

L'oncle aboya un ordre et les cousins de Sarah sortirent de la roulotte. Je m'approchai de la fenêtre à pas de loup. Et là, je reçus un choc : entre le rideau de dentelle et le mur, se trouvait Burr, le koala de ma sœur. Il avait beau être sale, râpé, avec un œil en moins, je l'aurais reconnu entre toutes les peluches de la terre.

Brusquement, je me sentis soulevé en l'air, les bras tordus derrière le dos et mon front plaqué sans ménagement contre la carrosserie.

« Comme on se retrouve ! » fit l'un des garçons.

J'entendis le pas chaloupé de l'Oncle. Il m'attrapa par le col de ma chemise et me jeta à l'intérieur de la caravane dont il referma la porte. J'étais trop sonné pour réfléchir, trop faible pour me défendre. Les cousins m'attachèrent les poignets et les chevilles avec une corde. Quand je repris mon souffle, je balayai la caravane du regard, à la recherche de Sarah. Fabiola la tenait serrée contre elle, près d'un cadre doré représentant la Sainte Vierge.

« Fouillez-le, dit l'Oncle.

— Non ! Qu'il sorte d'ici ! Qu'il s'en aille ! » cria Fabiola.

Il fallut me remettre debout pour retourner mes poches. Mon cœur battait à toute allure.

Est-ce que j'avais peur ? Physiquement, sans doute. Moralement, j'étais exalté à l'idée d'avoir touché au but, même s'il s'accompagnait de bruit et de fureur.

Les Tsiganes trouvèrent mon argent et mes papiers dans ma poche droite. Puis, dans l'autre, la coupure de journal nous représentant, papa, maman, Sarah et moi, avec nos tee-shirts marqués à nos prénoms...

Fabiola se précipita, mais l'Oncle la devança et m'arracha le papier jauni des mains. La Tsigane rugit. Sarah s'enfouit encore plus loin dans ses jupes.

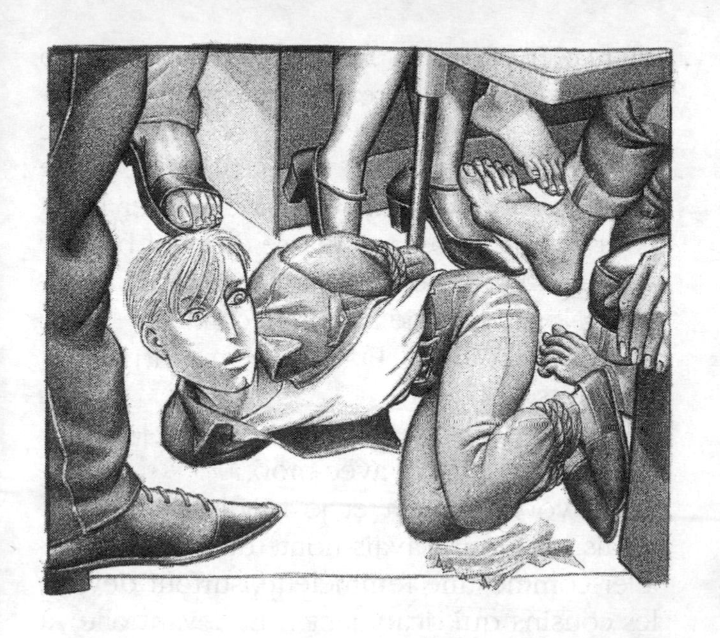

Malgré mon émotion, je vis que l'Oncle hésitait sur la conduite à tenir. J'osais à peine regarder Sarah. Le moment était arrivé. Burr, le koala en peluche, était déjà une preuve. Le désarroi de l'Oncle devant le morceau de journal en était une autre. Ainsi que le regard haineux, plein d'une rage impuissante, que me lançait Fabiola.

J'avais retrouvé ma sœur.

Le calme avait-il succédé aux gesticulations ou étais-je si plein d'émotion qu'il me semblait être dans un nuage cotonneux? Le silence fut bientôt déchiré par la voix de l'Oncle. Elle avait retrouvé ses intonations de chef.

« Vous deux, dit-il à ses fils, occupez-vous du moteur. Manuela, va chercher l'eau pour le café. Mossa, ramasse du petit bois.

— Sarah, tu viens? fit la petite cousine.

— Non! » criai-je sans réfléchir.

Je bougeai et la corde me râpa les poignets.

« Regarde la photo, Sarah, sur le journal, regarde, c'est toi... avec moi... »

Ma voix se brisa et je fondis en larmes. J'étais en sueur, j'avais honte de m'être laissé aller comme une femmelette, surtout devant les cousins qui ricanaient... Et devant elle...

« Sarah, tu es ma sœur.

— Non! » rugit Fabiola en agrippant la petite fille.

Sarah jetait des regards effrayés autour d'elle. Je n'étais même pas sûr qu'elle ait compris ce que j'avais dit. Avec mon accent irlandais... Mais Fabiola, elle, avait compris, et réagissait comme une tigresse.

Je me tus, vidé, incapable d'essuyer mes larmes, dans un état second.

Le Tsigane poussa sans ménagement ses enfants dehors. Nous restâmes tous les quatre dans la caravane. L'atmosphère était extrêmement tendue. Sarah fut la première à bouger. Elle s'approcha de son oncle et, sans un mot, tenta de déplier la main qui tenait la coupure de journal. Il la froissa et la jeta dans un coin. Fabiola se précipita, craqua une allumette. Le papier partit en fumée...

« Personne ne me prendra Sarah, siffla-t-elle.

— C'est ma sœur.

— Non! C'est un petit ange que la Vierge m'a envoyé. »

Je me tournai vers l'Oncle.

« Dites-lui, vous! Elle a le droit de savoir...

— Savoir quoi, *gadgé*? T'as pris un coup de soleil de trop? T'as pas assez mordu la poussière, t'en veux encore? »

Malgré son ton coléreux, je voyais bien qu'il avait perdu son assurance. Il considérait sa sœur avec inquiétude, et Sarah avec chagrin. L'enfant ne comprenait plus rien. Sa « mère » avait un regard fixe, son « oncle » hésitait, et moi j'espérais la voir ressentir, enfin, l'appel du sang... Nos yeux se croisèrent un bref instant. Dans les siens, il n'y avait qu'un immense désarroi.

« Sarah, repris-je, écoute-moi... Il y a dix ans, tu... »

Une main immense se plaqua sur ma bouche : Fabiola avait bondi.

« C'est moi qui parle! Moi seule!

— Folle! cria l'Oncle. Folle que tu es! »

La Tsigane ne l'entendait plus. Elle parlait et les mots coulaient en un flot monocorde, où se mélangeaient français et manouche, et jamais elle ne faisait la part du rêve et de la réalité. J'écoutais fiévreusement, irrité de ne pas tout comprendre; soulagé aussi : le voile du mystère se levait enfin sur le passé. Sarah était suspendue aux lèvres de celle qu'elle avait toujours considérée comme sa mère. Quant à l'Oncle, il n'eut pas la patience d'attendre jusqu'au bout; il connaissait l'histoire. Il sortit bientôt en secouant la tête. La porte claqua et j'eus peur que Fabiola n'interrompe son récit. Mais elle semblait sourde et aveugle à ce qui l'entourait.

J'enregistrais tout ce que je pouvais, repoussant à plus tard le soin de remettre les épisodes dans le bon ordre et de faire le tri entre raison et fable... En résumé, voici que ce Fabiola raconta ce jour-là.

Elle avait hérité de sa mère le don de double vue, et sa mère l'avait hérité de sa propre mère... Toute une lignée de femmes qui avaient des pouvoirs spéciaux mais ne pouvaient que difficilement donner la vie : ainsi, la mère de Fabiola mit au monde deux enfants et faillit en mourir à chaque fois. Malgré ses prières et ses pèlerinages, Fabiola resta stérile jusqu'à trente ans. Son mari se croyait la risée de la famille. Fabiola était malheureuse : une Tsigane n'existe que lorsqu'elle est mère. Enfin, la Vierge noire exauça ses vœux et elle donna le jour à un amour de petite fille.

L'hiver fut froid, cette année-là. La caravane n'était pas chauffée. Fabiola avait peur que son enfant n'attrape du mal, elle se procura un petit poêle, et le drame survint : une nuit, le père et l'enfant moururent asphyxiés. Fabiola fut sauvée de justesse. La famille lui apporta soutien et affection ; chez les gens du voyage, le malheur des uns est pris en charge par les autres. Mais la Tsigane n'était plus elle-même. Elle quitta les siens et s'en fut errer dans la montagne.

Un soir, quelque part au milieu des Cévennes, elle aperçut une petite chapelle de pierres grises qui surplombait la vallée.

Transfigurée par ce souvenir, Fabiola se leva et me regarda dans les yeux.

« J'ai dansé, dit-elle fièrement, j'ai dansé pour la Vierge et puis je suis allée dehors. Il y avait du brouillard. Beaucoup de brouillard. Tout d'un coup, le voile s'est déchiré et j'ai vu…

— Quoi? haletai-je.

— Je l'ai vue… ma petite Sarah… »

Je songeai aux tee-shirts que nous portions ce jour-là, marqués à nos noms. Sarah n'est pas un prénom si usuel. Fabiola, qui savait à peine lire, a vu dans ces quelques lettres le signe de sa sainte vénérée… Un simple tee-shirt, l'instrument du destin… Qui aurait pu imaginer une chose pareille?

« Elle était là, elle me tendait les bras… »

Je sortis de ma torpeur.

« Vous avez vu une voiture accidentée! criai-je. Mes grands-parents inanimés, la chaise de bébé…

— Elle m'attendait… Ma petite fille.

— Votre petite fille est morte.

— NON! »

Elle sortit comme une furie, laissant la porte ouverte. Je fermai les yeux, liquéfié de fatigue. La course interminable était achevée.

Combien de minutes restai-je ainsi prostré, écrasé par l'émotion? Soudain, j'entendis un faible bruit, comme un petit chat qui s'étire. Sarah. J'avais fait tout ce chemin pour elle et je l'avais presque oubliée. J'esquissai un sourire. Elle ne broncha pas, approcha doucement et défit mes liens de ses petits doigts bruns. Je me frottai les poignets.

« Je suis ton frère », lui dis-je en français.

Elle répéta : « Mon frère. »

« Finn O'Donnel.

— Et moi ? murmura-t-elle.

— Sarah. Sarah O'Donnel. »

Elle hocha la tête gravement. Puis elle avança sa main et je la gardai entre les miennes, tandis que les larmes me montaient aux yeux. Se souvenait-elle de nos jeux d'enfants, de la main chaude en particulier, qui nous faisait rire aux éclats ? Moments bénis qui étaient sortis de ma mémoire. Jusqu'à cet instant.

J'avais tant de choses à dire à ma sœur que je ne savais par où commencer. L'Irlande ? nos parents ?

« On ne se quittera plus jamais, Sarah, murmurai-je. Tu vas rentrer à la maison... Maman t'attend... Oh, ma petite sœur, ma petite sœur !... »

J'allais ouvrir mes bras quand j'entendis, dehors, Fabiola se répandre en imprécations, et l'Oncle tenter de la calmer. Ils parlaient manouche. Et brusquement, le sang se figea dans mes veines : ce n'était plus Sarah que j'avais devant les yeux, mais une sauvageonne qui me regardait avec horreur et incrédulité.

« Jamais je partirai d'ici! Jamais! »

Puis elle se rua dehors en hurlant :

« Maman! Maman Fabiola! »

DEUXIÈME PARTIE
LA CONQUÊTE

7

Je frictionnai mes poignets endoloris. J'étais libre de m'en aller mais n'y songeai pas un instant. La réaction de Sarah m'avait fait comprendre que, loin d'être arrivé au bout de mes peines, je n'en étais qu'au début. J'avais retrouvé ma sœur, certes. Il me fallait maintenant la conquérir, l'amener à moi avec douceur, respect et patience. Et sans aucune garantie de résultat.

L'image du cheval sauvage que José s'évertuait à dresser me traversa l'esprit. Immédiatement suivie du visage tragique de

Fabiola. Je me sentis découragé. Aurais-je la force et l'intelligence nécessaires?

Des bruits de motos, dehors, m'arrachèrent à mes réflexions. La porte de la caravane s'ouvrit et Sarah reparut, l'air effrayé.

« Les gendarmes...

— Qu'est-ce qu'ils veulent? » soufflai-je.

Elle haussa les épaules pour dire qu'elle n'en savait rien. Quelques secondes s'écoulèrent. Sarah épiait depuis la fenêtre l'Oncle qui discutait avec les motards.

« Ils cherchent un garçon..., murmura-t-elle. On va tous aller en prison! À cause de toi! »

Je retombai brutalement dans la réalité. Marie avait dû prévenir les gendarmes, peut-être même remis une photo de moi... Maman devait être dans tous ses états! Pauvre maman, songeai-je, je te fais souffrir, mais aie confiance en moi, c'est pour ton bien, pour notre bien à tous... À condition que la police ne s'en mêle pas. Je savais qu'ils ne croiraient pas à mon histoire. Fabiola emmènerait Sarah et je ne la reverrais jamais.

« Il ne faut pas qu'ils me trouvent! soufflai-je. Tu as une idée? »

Sarah me tendit une vieille salopette.

Pendant que je l'enfilais, elle me barbouilla le visage de ses mains sales, m'ébouriffa les cheveux...

« Tu attends mon signal et tu vas sous le camion », dit-elle.

Elle entrouvrit la porte, regarda à droite et à gauche, et sortit de la caravane en me faisant signe de la suivre. Je me glissai sous le moteur et attrapai une clé anglaise qui traînait par terre.

Il était temps : les gendarmes fouillaient la caravane.

« Vous voyez ? C'est vide ! s'exclama l'Oncle.

— Bon, circulez, vous ne pouvez pas rester ici !

— Faut bien qu'on répare ! Alors, fiston, qu'est-ce qu'elle dit, cette bielle ? » fit-il.

J'agitai la clé anglaise sans un mot.

« Combien ont-ils d'enfants, ces Romanos ? soupira le gendarme.

— Que voulez-vous ? On est une famille, nous autres ! » plaisanta l'Oncle.

Lorsque les motards eurent disparu, je sortis de ma cachette et l'Oncle m'envoya une bourrade amicale. Fabiola me fixait de ses yeux sombres. Les garçons faisaient des essais d'accélérateur. Le moteur avait bien voulu repartir.

L'Oncle se tourna vers moi et m'expliqua que nos routes se séparaient ici. Sans rancune : je m'étais montré réglo, pour un *gadgé*, mais il ne pouvait pas prendre le risque de s'embarrasser d'un gars qui avait la police à ses trousses.

Je regardai Sarah. Allait-elle accepter de me perdre sitôt après m'avoir retrouvé ? Pendant notre petite comédie, déguisement, barbouillage, j'avais senti un courant circuler entre nous deux. Chargé de crainte, encore, mais aussi de curiosité, et d'un début de connivence qui m'avait réchauffé le cœur.

« Laissez-moi venir avec vous », suppliai-je.

Les yeux de Sarah brillèrent et un sourire se dessina sur ses lèvres. Fabiola fronça les sourcils et échangea quelques mots en manouche avec l'Oncle. Je reconnus le mot *gadgé*.

« Je m'habillerai et je ferai tout comme vous, insistai-je. Personne ne saura qui je suis. »

Fabiola ricana et Sarah, fâchée, quitta les jupes de la Tsigane ; j'espérais qu'elle viendrait vers moi. Mais elle se contenta de rester à l'écart, tendue, le visage fermé.

« Pas question, gronda l'Oncle en me restituant mes papiers d'identité. Allez, on est partis !

— Viens, mon trésor, dit Fabiola.

— Je suis pas ton trésor, je suis Sarah O'Donnel ! »

Elle me jeta un regard navré et grimpa dans le camion.

« Sarah ! » criai-je.

Elle se retourna ; ses lèvres formèrent le mot Finn mais aucun son ne sortit de sa bouche. Une grosse larme roulait sur sa joue.

Je restai planté là, incapable de bouger, ni même de comprendre que tout était fini. Les portes claquèrent, le camion s'éloigna dans un nuage de poussière et une petite main jeta quelque chose par la fenêtre.

Un instant, je me demandai si j'avais rêvé. Le parvis de l'église était désert. Il ne restait aucune trace du passage des Tsiganes, ni de mes retrouvailles avec Sarah. Je me rappelai seulement avoir laissé mon vélo dans la grand-rue. Mais en traversant la place, je trébuchai sur l'objet tombé du véhicule. C'était le koala de Sarah, Burr ! Non, je n'avais pas rêvé, et la fatigue ne m'avait pas fait divaguer. La famille de l'Oncle avait bien campé ici cette nuit. Ma sœur était en vie et je l'avais perdue une seconde fois.

Ma bicyclette aussi était perdue. Elle n'était plus là où je l'avais laissée.

« Y a plein de Gitans, par ici! fit le cafetier quand je l'interrogeai. T'avais pas mis d'antivol? Alors t'étonne pas! »

Je le traitai de raciste et il rétorqua que si ça ne me plaisait pas, ici, je n'avais qu'à retourner dans mon pays.

Même si j'avais voulu... Je n'avais presque plus d'argent, plus rien qu'un immense vide au cœur, plus douloureux encore qu'avant mon arrivée. Et si je racontais ce qui s'était passé, personne ne me croirait... Moi non, mais Burr? Je tenais ma preuve! Je me précipitai à la poste et achetai une grande enveloppe pour y glisser le koala en peluche. J'écrivis au dos : « La petite Tsigane est bien ma sœur. Voici de quoi vous en convaincre », et j'expédiai le tout aux Saintes-Maries.

Puis, épuisé, je me blottis dans l'abribus devant l'église et sombrai dans un sommeil agité.

« Finn! » appelait une voix d'enfant.

Je ne voulais pas rêver de Sarah, je voulais

oublier, dormir, et si possible ne jamais me réveiller…

« Finn ! Viens ! »

J'ouvris les yeux, les fermai à nouveau, incrédule, ahuri. Ma sœur, là, devant moi, un timide sourire aux lèvres. Non, c'était un mirage, une nouvelle forme de torture.

« Tu dors ? » fit-elle.

La lumière me blessa. Ou était-ce de la voir, à contre-jour, qui me fit venir les larmes aux yeux ?

« Sarah…, balbutiai-je.

— J'ai dit que je m'enfuirais si tu ne venais pas avec nous. L'Oncle est revenu te chercher.

— Et Fabiola ? murmurai-je.

— Elle m'a menti… »

Sarah avait l'air si malheureuse que je ne pus m'empêcher de murmurer : « Il ne faut pas lui en vouloir, elle ne se rendait pas compte… » Ma sœur m'interrompit :

« Elle a peur, maintenant, alors elle est d'accord pour que tu viennes, même si elle t'aime pas… »

Pendant le trajet jusqu'à Ganges – où devait se célébrer le mariage dont m'avait parlé José –, je ne cessai d'osciller entre un immense bonheur et la peur de ce qui m'attendait. Combien de temps la famille de Sarah me tolérerait-elle?

La nuit tombait lorsque nous arrivâmes au camp. La fête battait son plein. Un agneau entier tournait sur une broche. Les tables étaient chargées de nourriture, l'alcool coulait à flots. L'Oncle fut chaleureusement accueilli. Le père du marié lui fit une place devant le feu de joie; on lui apporta à boire et on découpa pour lui des lamelles d'agneau rôti. Du côté des femmes, l'arrivée de Fabiola provoqua également des gestes et des paroles de bienvenue. Mais je décelai une certaine réserve, où la peur se mêlait au respect : les pouvoirs occultes de Fabiola lui conféraient sans doute un statut particulier.

Manuela, l'aînée des cousines, observait la mariée avec admiration.

« Qu'elle est belle! » soupira-t-elle.

Sarah lui lança une plaisanterie en manouche et se tourna vers moi :

« Bientôt, Manuela partira avec le fils de Mene, annonça-t-elle fièrement.

— Partira où? fis-je.

— Partira! C'est comme ça quand on se marie! La fille part avec le garçon quelques jours pour voir s'ils s'accordent bien. Si ça marche, ils reviennent, on fait une grande fête et voilà, ils sont mariés !

— Et si ça ne marche pas? demandai-je.

— Eh bien, on ne fait pas de fête et ils ne sont pas mariés ! »

Le jeune homme portait un costume noir et sa promise une robe moulante qui ne cachait rien de son anatomie : Liam aurait été ravi de voir ça...

Je croisai le regard fier de Fabiola et me sentis brusquement étranger. J'avais l'impression que la Tsigane me disait : « Vois comment nous perpétuons les traditions ancestrales. Chez vous, les *gadgés*, les liens se font et se défont, rien n'est sacré... » Je songeai avec douleur au moment où il me faudrait annoncer à Sarah la séparation de nos parents. Pauvre Sarah ! Que d'épreuves devrait-elle traverser avant de rejoindre notre monde !

Pour l'heure, c'était moi qui découvrais le sien. Le gâteau de mariage, absolument énorme, était composé d'une multitude de petits gâteaux individuels. Une queue se forma, à la suite du jeune couple, et chacun à son tour prit sa part. La musique démarra. On ne cessait d'apporter du bois pour alimenter le feu : jusqu'au petit matin, les Tsiganes allaient gratter la guitare, faire pleurer les violons et se relayer pour danser, enveloppés d'ombres et de fumées.

Sarah me prit la main. J'étais aussi ému qu'elle. Les enfants couraient partout, les mains pleines de sucreries, les hommes parlaient fort, buvaient sec, les femmes riaient, fières de leurs maris et de leurs fils. Malgré le bruit et le désordre, une atmosphère de paix planait sur le groupe : José n'avait pas tort quand il disait que la force des Tsiganes était leur sens de la famille.

« Tu veux danser? fit Sarah.

— Je ne sais pas… »

L'oncle s'approcha de nous, l'air sévère.

« Sarah, tes cousines t'attendent. À ton âge, on reste entre filles.

— Laisse, mon frère », coupa Fabiola.

Je la regardai avec surprise.

« Qu'elle lui apprenne à danser! » reprit-elle.

L'Oncle secoua la tête, ahuri :

« Tu la laisses s'exhiber avec ce *gadgé*?

— Je sais ce que je fais, répondit la Tsigane. Tant qu'il est là, ma Sarah reste avec moi. »

Je cherchai une phrase rassurante – afin

de préserver l'harmonie de l'instant et du lieu – mais Sarah courait déjà vers la piste de danse, et je m'élançai à sa poursuite.

Elle dut me trouver bien pataud, car après quelques tentatives, elle me lâcha la main et se réfugia sous un arbre. Quand je la rejoignis, je m'aperçus qu'elle pleurait silencieusement. Comme elle me parut fragile, tout d'un coup! Ses pieds nus et couverts de crasse auraient pu tenir dans une seule de mes mains. Son petit cou d'oiseau battait à chaque respiration et les anneaux d'or qu'elle portait aux oreilles frémissaient.

J'avais envie de la prendre dans mes bras et de lui dire que je la protégerais, quoi qu'il arrive, mais j'avais peur de l'effaroucher encore plus. Pauvre Sarah! Elle avait perdu en une journée, et à cause de moi, son insouciance de petite fille. Même si elle ne mesurait pas encore les conséquences de sa nouvelle identité – les mesurais-je moi-même? –, elle pressentait que rien ne serait plus jamais comme avant.

La nuit était tombée et une humidité fraîche se dégageait du champ. J'ôtai mon sweat-shirt et le déposai sur les épaules de ma sœur. Ses yeux s'arrêtèrent sur mon bracelet-montre.

« Tu le veux? » fis-je.

J'avais envie de tout lui donner, de la noyer sous les cadeaux. Dix ans de cadeaux en retard.

Elle fit disparaître ma montre dans la poche de sa jupe et essuya son nez sur la manche de mon pull. Ses sanglots s'apaisaient. Je crus qu'elle allait s'endormir. Mais elle se redressa et détacha la fine chaîne dorée qu'elle portait à la cheville.

« C'est pour toi. »

Mes yeux se mouillèrent à mon tour tandis que j'essayais de mettre la chaînette à mon poignet.

« Non », fit-elle.

Elle me retira l'objet et l'accrocha à mon pied, par-dessus la chaussette. Puis elle se blottit dans mes bras et ferma les yeux.

8

Le ciel était déjà haut quand je me réveillai. Sarah dormait toujours, enveloppée dans mon pull. Le camp était devenu un immense dortoir : des matelas de mousse étaient étendus sur le sol près des caravanes. Jamais je n'avais entendu un tel concert de ronflements.

L'herbe était jonchée de détritus ; des lampions éteints et déchirés pendaient un peu partout, les chiens se disputaient des restes de nourriture.

Les lendemains de fête sont généralement

moroses. Pourtant, je me sentais en pleine forme. Sarah s'était endormie en confiance auprès de moi. Certes, rien n'était gagné, mais j'avais franchi une étape. Bientôt je pourrais la convaincre de rencontrer sa vraie famille. Ensuite, les liens du sang reprendraient leurs droits.

Les liens du sang... Maman devait être dans un état affreux. Sans doute avait-elle sauté dans le premier avion pour les Saintes-Maries. Quant à papa... Mon père n'agissait jamais sous le coup de l'émotion. Il se contentait de blâmer tout le monde pour ce qui arrivait. Car bien entendu, rien n'était jamais sa faute.

Je ne me sentais pas trop coupable, parce que je savais que je préparais à maman la surprise de sa vie. Encore un peu de patience, et nous formerions à nouveau une famille. À condition que les adultes me laissent faire à mon idée. De la même manière que José dressait un cheval sauvage, je devais faire preuve à l'égard de Sarah de patience, de respect, de compréhension. Et d'amour.

J'avais repéré une cabine téléphonique au bord de la route. Je ne demandais pas la lune, seulement deux ou trois jours. Et l'aide de Liam.

Je me levai sans faire de bruit. Je n'étais pas habitué à dormir sur l'herbe, et tout mon corps me faisait mal. Mais le soleil eut vite fait de réchauffer mes muscles. Je me glissai hors du camp sans réveiller personne. J'espérais que Marie serait occupée avec son petit garçon et que Louise répondrait au téléphone. Sinon, je raccrocherais et recommencerais plus tard. Je ne fus pas étonné de tomber du premier coup sur Louise : une bonne étoile veillait sur moi…

« Appelle Liam et dis-lui que c'est sa mère », fis-je.

Ah, les filles! Incapables de retenir leur curiosité. Louise m'inonda de questions. Je la rassurai : j'allais bien, et Sarah était effectivement ma sœur. Nouveau concert d'exclamations.

« Tu me passes Liam?

— Ta mère est là, Finn, chuchota Louise, dans l'état que tu imagines, et ton père a prévenu Interpol... Tu es recherché par la police!

— C'est l'affaire de quelques jours, rétorquai-je. Je ne vais pas tout gâcher maintenant que je touche au but! Fais ce que je te dis... »

J'expliquai à Liam où j'étais et de quoi j'avais besoin : de l'argent, des vêtements de rechange et quelques provisions de chez nous. Maman, certaine que j'allais mourir de faim chez Marie, avait bourré ma valise de mes friandises préférées. Ça me changerait des sempiternelles grillades dont se régalaient les Tsiganes...

Je quittai la cabine téléphonique en sifflotant. Tout allait bien, mon plan marchait à merveille. Le soleil brillait, le ciel était uniformément bleu et les herbes sèches crissaient sous mes baskets.

Tout d'un coup, j'entendis un sifflement et une violente douleur me traversa la cheville droite, celle qui portait le bracelet de Sarah. J'eus encore le temps de voir le serpent onduler en s'éloignant, de me dire que c'était trop bête de mourir si près du but, puis je tombai dans un trou noir.

J'ouvris les yeux dans la caravane de Fabiola. Ma jambe pesait des tonnes. J'avais du mal à respirer : il faisait tellement chaud! Des bruits de voix me parvenaient, étouffés. Soudain, je poussai un cri : l'Oncle s'approchait de moi, et dans ses mains, il tenait une grosse pince.

« Non! Non!

— N'aie pas peur, chuchota Sarah. Il coupe la chaîne, celle que j'avais mise autour de ta cheville. Elle a gonflé, ça te rentre dans la peau... »

Je tentai de me débattre, en vain : je perdis connaissance.

Quand j'émergeai à nouveau, je tremblais de froid. Sarah n'était plus là. Fabiola appliquait une mixture sur ma jambe enflée. Ça me brûlait jusqu'à l'aine et je retins un gémissement : je ne voulais pas être pris pour une poule mouillée. Puis brusquement, la mémoire me revint : le coup de téléphone à Liam, le rendez-vous au village... Que faire?

Sarah ouvrit la porte de la caravane. Elle portait une pleine brassée d'herbes sauvages, des chardons, des orties...

« Pose ça, dit Fabiola, et donne-lui à boire. »

Ma sœur tenta de me soulever. La potion était amère, et à la première gorgée, mon cœur se mit à battre plus vite.

« Qu'est-ce que c'est? » soufflai-je.

Fabiola ne répondit pas.

« Qu'est-ce que c'est, maman? répéta Sarah. T'es sûre que ça va le guérir? Regarde, il est tout blanc... »

Fabiola marmonna quelques mots que je ne saisis pas. Elle broyait les orties pour faire un nouveau cataplasme. Cette sorcière voulait m'empoisonner afin d'être débarrassé de moi à jamais.

« Sarah... », murmurai-je.

J'avais peur de perdre conscience à nouveau. Une nausée me tenaillait, je claquais des dents et mon front était couvert de sueur.

« Approche... Écoute... À quatre heures, à l'arrêt du bus, Liam... S'il te plaît... »

Le brouillard m'enveloppa, tout se mit à tourner.

Il faisait nuit, il faisait jour, j'avais mal,

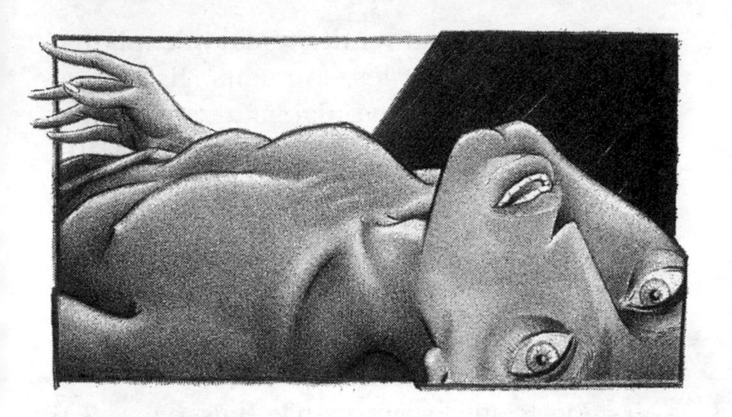

chaud, froid, soif, envie de vomir et peur d'appeler maman dans mon délire.

Et puis – était-ce le matin, était-ce le soir? – je me réveillai seul dans la caravane, délivré de ma fièvre. Je tâtai ma jambe du bout des doigts : l'enflure se réduisait à la face extérieure de la cheville. Je me sentais un peu étourdi, mais en forme, et mon estomac criait famine. Je me levai avec précaution, et, constatant que je tenais debout, sortis dehors.

Quelle ne fut pas ma surprise de découvrir, sous l'arbre le plus proche, Louise et Liam profondément endormis!

« Finn! Finn! Tu es guéri! »

Sarah dansait autour de moi, soulagée, heureuse.

« Je suis allée au rendez-vous! m'expliqua-t-elle en désignant les dormeurs. Ils ont eu peur, tes amis! Ils voulaient t'emmener à l'hôpital! L'Oncle était furieux! Alors maman... »

Avant qu'elle ait pu finir, Louise ouvrit un œil et s'assit en secouant la tête.

« Qu'est-ce qui s'est passé?

— C'est à toi de me le dire! m'écriai-je. Liam devait venir seul!

— De toute façon, tu n'y étais pas... J'ai dormi longtemps? C'est ce truc qu'elle m'a donné à boire... »

Fabiola avait drogué mes amis pour les empêcher de faire du grabuge. Et elle m'avait guéri. Sa réputation de sorcière n'était pas usurpée.

« J'ai pensé que tu pourrais avoir besoin de moi, reprit Louise. Souviens-toi : je suis à moitié manouche... Sarah et moi, nous allons devenir de grandes copines... Pas vrai, Sarah? »

Ma sœur sourit avec les yeux mais ne répondit pas. Elle observait le short de Louise et ses jambes nues. Pendant que Liam se réveillait à son tour, mécontent et se plaignant d'un affreux mal de tête, Sarah expliquait à Louise qu'elle ne pouvait pas être manouche : seules les filles *gadgés* s'habillaient comme des garçons. Louise prononça quelques mots dans sa langue pour la convaincre, cita le nom de son père, mais ma sœur resta sceptique. Liam interrompit ce bavardage. Il s'inquiétait pour Marie, Thierry et ma mère, qui le croyaient avec Louise aux Baux-de-Provence pour la journée.

« Ils ont dû nous attendre toute la nuit! Peut-être même prévenir mes parents! Il faut leur téléphoner! »

Je m'y opposai. L'Oncle et Fabiola m'avaient sauvé la vie, j'aurais l'impression de les trahir en reprenant contact avec les miens. C'était assez irresponsable, je l'admets, mais je voulais gagner encore un peu de temps. En deux jours, malgré la morsure de serpent, mes relations avec Sarah s'étaient améliorées. Bientôt, je réussirais à parler véritablement avec elle. À l'amener à rentrer avec moi. J'en étais sûr.

« Tu n'as aucune pitié pour ta mère? s'écria Liam avec reproche. Pense un peu au choc qu'elle a reçu en découvrant la peluche dans l'enveloppe... »

Burr était bien arrivé, songeai-je. Et curieusement, Sarah ne l'avait pas réclamé.

Peut-être parce que j'étais là, et qu'elle n'avait plus besoin de ce lien avec son passé.

Liam essaya de convaincre Louise que j'étais devenu cinglé. « Ou envoûté », ajouta-t-il en lorgnant du côté de la caravane où Fabiola l'avait drogué. Mais Louise était à présent de mon côté. Je l'avais compris dès son réveil, à la façon dont elle regardait le camp, Sarah, les Tsiganes. C'était bon d'avoir une amie près de moi. L'indignation et la colère de Liam étaient probablement dues à la jalousie. Ça m'arrangeait de penser cela. C'était moins dur vis-à-vis de maman. Et puis je n'avais pas l'impression de lui piquer sa copine : entre Louise et moi, ça se passait sur un autre plan. Ce qu'un garçon comme Liam était bien incapable de comprendre. Pour lui, les filles étaient tout juste bonnes à se faire draguer pour alimenter un pari de collégiens.

Sarah mit sa main droite dans celle de Louise et me tendit la gauche. Nous marchâmes ainsi jusqu'à la table du petit déjeuner. Liam, boudeur, dégoûté par le menu, attrapa un morceau de pain qu'il alla grignoter à l'écart, appuyé contre un arbre.

Les provisions apportées par mes amis avaient bien entendu disparu pendant leur sommeil.

Quand il eut fini de manger, l'Oncle se cura les dents avec une allumette et s'éclaircit la gorge en crachant par terre.

« Bon, autant être clair : je ne fais pas colonie de vacances. Surtout pour des *gadgés* recherchés par la police. Alors, vous allez être bien gentils et repartir d'où vous venez. Vu?

— Et moi? fis-je.

— T'es compris dans le lot, mon gars.

— Sarah est ma sœur, murmurai-je.

— Que tu dis!

— Vous savez que c'est vrai! »

L'Oncle se leva et attrapa une badine de jonc.

« Et ça? C'est une baguette magique? Tu crois que le passé, ça se répare comme le moteur d'un camion? Regarde la petite... Est-ce que c'est pas une fille de chez nous? Tu veux qu'elle soit malheureuse? Allez, dégage! Ça vaudra mieux pour tout le monde, crois-moi. »

À ces paroles, Sarah s'était levée d'un bond. Elle frappait de la tête et des poings les jambes de son oncle en sanglotant :

« Non ! Je veux qu'il reste ! Et Louise aussi ! Elle est gentille ! Vous, vous m'avez menti ! Finn, il m'a dit la vérité ! Je ne veux pas qu'il parte ! Il doit m'expliquer encore ! »

Le Tsigane la repoussa sans violence et Sarah s'effondra par terre, à genoux, secouée de spasmes et de sanglots. Fabiola frémit mais ne bougea pas. Je restai interdit devant ce désespoir soudain et violent. Louise essuya une larme. Seul Liam se tenait ostensiblement à l'écart de la scène. Les cousins, les deux types qui m'avaient tabassé et dont je sentais constamment le regard hostile, se mirent à grogner en manouche.

Brusquement, le silence se fit : Fabiola prenait la parole.

« Laisse-leur un jour ou deux, mon frère, articula-t-elle. Le temps que sainte Sara m'éclaire... »

L'Oncle leva les yeux au ciel et les cousins crachèrent par terre.

« Sainte Sara! La belle affaire! Quand je pense que, sans toute cette histoire, on suivrait la procession, à l'heure qu'il est! Ah, j'aimerais mieux être à mi-cuisses dans la mer, à mettre la barque de Sara à l'eau, plutôt que de me quereller en invoquant son nom! »

Nous étions donc dimanche, et aujourd'hui prenait fin le pèlerinage des Saintes-Maries... Il n'y avait que cinq jours que j'étais parti de Cork! Cela me semblait une éternité...

« C'est les femmes qui commandent, maintenant? grogna l'aîné des cousins.

— Toi, tu vas prendre mon pied aux fesses! » rétorqua l'Oncle.

Il regarda sa sœur, Sarah, moi, les voisins, et lança un long juron compliqué auquel répondirent ses compagnons. Puis il déclara d'un ton qui n'admettait pas de réplique :

« On lève le camp demain après manger. Sans les *gadgés*, parole de Tsigane ! Et d'ici là, vous ne bougez pas d'ici, compris? »

J'avais obtenu un nouveau sursis. Le dernier, sans doute, mais je comptais bien le mettre à profit. Pas question de me refaire bêtement mordre par un serpent, cette fois ! J'avais besoin de toutes mes forces pour conquérir ma sœur…

9

La situation était loin d'être confortable.

Si Louise avait compris qu'il fallait un répit à Sarah pour s'adapter à sa nouvelle identité (et si je voyais avec émotion naître entre les deux filles une complicité – dont j'étais d'ailleurs exclu), Liam me tannait pour que nous téléphonions aux Saintes-Maries, et faisait visiblement la tête.

Nos maladresses face au mode de vie tsigane alourdissaient encore une atmosphère déjà rendue pesante par notre désaccord.

Je commis mon premier impair en faisant

ma toilette dans une cuvette réservée à un autre usage... À peine avais-je terminé que la petite Mossa la lança de toutes ses forces sur le tas de détritus, provoquant des commentaires aigres. Sarah m'expliqua qu'on ne devait pas se laver dans la bassine à vaisselle : c'était sale de mélanger le corps et la nourriture.

Ensuite, Liam, désœuvré, voulut aider Manuela à peler des pommes de terre. Les cousins lui intimèrent – plutôt brutalement – l'ordre de cesser d'importuner leur sœur : on ne plaisante pas avec la réputation d'une jeune fille !

La tension montait.

Elle culmina pendant l'après-midi, quand je voulus racheter une bassine au village et que je m'aperçus que Sarah m'avait devancé. Sauf qu'elle l'avait volée à l'étalage...

Liam n'avait pas tort lorsqu'il prédisait que tout cela se terminerait mal. J'étais accablé. Nous reprîmes en silence le chemin du camp.

« Finn, demanda soudain Sarah d'une petite voix, ils sont gentils, nos parents? »

Tout n'était peut-être pas perdu... Je cherchais mes mots pour trouver une réponse rassurante et sincère quand elle changea brutalement de sujet, désigna les lettres imprimées sur mon sweat-shirt et me demanda ce que ça signifiait.

Sarah ne savait pas lire. Ma sœur de douze ans était analphabète. Malgré le froid qui m'étreignait, je m'efforçai d'énoncer d'une voix égale : « Football club de Dublin... Dublin, la capitale de l'Irlande...

— C'est là que tu habites?

— Papa est médecin à l'hôpital, là-bas. Moi, j'habite Cork, avec maman. »

Ma sœur leva des yeux étonnés. Elle ne comprenait pas : nous avions deux maisons? Pourquoi? Je baissai la tête.

« Sarah... Nos parents ne vivent plus ensemble... »

Je n'oublierai jamais le regard qu'elle me lança. Le monde que je représentais, le monde que je lui proposais, lui paraissait tout simplement monstrueux. Et, vu depuis son monde à elle, qui pourtant n'avait pas que des qualités, il l'était.

Je ressemblais de plus en plus à un yoyo : tantôt au plus haut, tantôt au plus bas. Ce devait également être le cas de Sarah, car elle ne cessait d'éteindre le feu et de ranimer les braises...

Ainsi, pendant que je ruminais de sombres pensées, assis sur une souche d'arbre, elle se glissa silencieusement derrière moi, plaqua ses mains sur mes yeux et cria :

« Surprise ! »

Je sursautai, relevai la tête et un sourire éclaira mon visage. Pour une surprise, c'en était une, en effet. Une nouvelle personne me faisait face, dans laquelle je retrouvais ma sœur d'autrefois.

Louise lui avait lavé et lissé les cheveux. Elle lui avait prêté un short et un haut de maillot de bain.

J'étais incapable de parler.

« Tu aimes ? »

Elle ébaucha une petite danse tsigane, et c'était encore plus saisissant de la voir mêler instinctivement les deux univers. Comment avais-je pu douter d'elle, de moi ? Je devais tenir bon et trouver la solution. Elle existait, forcément.

« SARAH ! »

Le cri de Fabiola me glaça et, d'un coup, le visage de ma sœur se renfrogna.

« Reviens immédiatement et enlève-moi ça ! »

Sarah tapa du pied et cria que Louise lui

en avait fait cadeau. Puis elle se mit à pleurer.

Fabiola s'approcha de nous, menaçante, mais s'arrêta net, accablée par la souffrance de l'enfant. Sa propre détresse n'était pas moins grande. Cette femme aimait ma sœur plus que sa propre vie. Elle pivota sur ses pieds nus, psalmodiant une prière à la Sainte Vierge, et finit par courir hors du camp.

Je restai saisi. Louise semblait aussi bouleversée que moi. Sarah, elle, avait déjà essuyé ses larmes et tournait autour de moi, un bout de miroir à la main. Je n'en fus pas rassuré : passer aussi vite du désespoir à l'euphorie montrait bien à quel point elle était perturbée.

« Tu as vu? On se ressemble! »

Je lui adressai un pâle sourire.

« Promets de rester avec moi! insista-t-elle.

— Bien sûr, fis-je... Mais il y a papa et maman, aussi...

— J'ai déjà une maman », cria-t-elle.

Et elle s'échappa, sombre à nouveau, vers ses cousines qui regardaient ses habits avec autant d'effroi que d'envie.

Fabiola revint à la nuit tombée, hors d'haleine, le regard perdu. Elle s'enferma avec l'Oncle dans la caravane et tout le camp résonna du bruit de leur dispute. Sarah avait remis ses vêtements tsiganes et attendait, tremblante, le dos appuyé contre la roulotte. Elle ne répondit pas à mes questions. Louise la rejoignit et ma sœur se blottit contre elle.

Que s'était-il passé? Je l'appris de la bouche de mon amie.

Lorsqu'elle avait vu Sarah habillée et coiffée

comme une *gadgé*, Fabiola avait compris qu'elle était en train de perdre la partie. Car en dépit de toutes les mises en garde, Sarah avait succombé au charme de Louise (plus encore qu'au mien...). Aux yeux des Tsiganes, les filles *gadgés* ignorent la pudeur, la modestie et la dignité. Ce sont quasiment des prostituées. Pas étonnant que, à peine mariées, elles s'empressent de tromper leur mari et même de divorcer! (Les Tsiganes, m'expliqua Louise par la suite, ne se privent pas d'avoir des maîtresses – évidemment *gadgés* –, mais la société tsigane ignore l'égalité des sexes : les maris ont tous les droits, et les épouses aucun.)

Ce n'était pas tout. Indépendamment de la honte que Fabiola avait ressentie à voir Sarah en tenue légère, il était évident que la fillette, avec ses cheveux lissés et sa peau savonnée, n'avait plus rien d'une Manouche. Elle n'était pas sa fille. Vérité si longtemps, si profondément enfouie qu'elle en devenait insoutenable...

Fabiola ne pouvait plus attendre que sa sainte patronne lui envoie un signe. Elle devait provoquer ce signe, appeler de ses prières un nouveau miracle. Sa course éperdue l'avait menée jusqu'à une chapelle qui ressemblait vaguement à l'ermitage où elle avait prié la Vierge dix ans plus tôt. Mais l'endroit était loin d'être désert. Hystérique, presque démente, elle avait fait sortir les touristes et s'était enfermée à clé dans le lieu saint. Où elle avait dansé. Dansé de toutes ses forces, avec toute sa foi, en implorant sainte Sara. Ce devait être effrayant, magnifique. Car cette femme possédait un magnétisme et une ferveur surnaturels.

Les touristes n'avaient pas été longs à prévenir les autorités qu'une Tsigane en transe profanait la chapelle. Elle parvint à s'enfuir avant l'arrivée de la police, ses chaussures à la main, fendant la foule des badauds trop stupéfaits pour l'arrêter, et regagna le campement.

Mais les gendarmes disposaient à présent d'un signalement précis. Il ne leur serait pas difficile, avec l'aide de Marie, d'établir un rapprochement avec ma fugue, celle de Louise et Liam. Et mes parents rappelleraient la disparition de Sarah, dix ans plus tôt.

L'Oncle finit par sortir de la caravane, le visage sombre.

« On dégage, annonça-t-il. Pas de dîner

ce soir. Où sont les garçons? Qu'ils accrochent la remorque, et fissa! »

Louise, Liam et moi nous regardâmes avec inquiétude.

« Sarah, reprit l'Oncle. Tu partiras demain avec ta mère. En autobus. On se retrouvera à Millau, près du pont de l'autoroute. »

Je m'avançai.

« Et nous? fis-je.

— Allez au diable! C'est à cause de vous que Fabiola a fait cette folie! »

À ces mots, la Tsigane s'encadra dans la porte, farouche. Sarah quitta Louise et se blottit dans les jupes de sa « mère », en fuyant mon regard. Trois heures plus tôt, elle avait semblé opter pour notre monde, mais dans l'angoisse, elle s'accrochait à celui qu'elle connaissait...

« On n'a pas le choix, reprit l'Oncle, soulagé par le geste de Sarah. Il faut faire la route chacun de son côté, dit-il. Les flics seront tous après moi. Quand ils arrêteront le camion, ils seront bien déçus de ne trouver ni Fabiola ni la petite. Ça y est, les garçons? Tout est chargé? On y va. »

L'Oncle dit encore quelques mots en manouche à sa sœur. Les quatre cousins grimpèrent dans le véhicule, et le convoi s'ébranla.

Je restai anéanti par ce brusque départ, dont je ne mesurais pas encore les conséquences. Une chose était sûre : je n'avais pas encore perdu ma sœur.

Mais il y avait mieux : par son acte insensé, Fabiola s'était mise hors la loi. On la recherchait, et Sarah aussi. Comme moi. À présent, nos sorts étaient liés.

Une Tsigane s'approcha de Fabiola et lui proposa l'hospitalité pour la nuit.

« Ta fille aussi, bien sûr.

— Elle ne m'écoute plus... », répondit Fabiola tristement.

Sarah lâcha la longue jupe et fondit en larmes. Fabiola se laissa emmener par la voisine. Ma sœur resta seule, à l'écart du groupe que nous formions, Louise, Liam et moi. Elle gardait une expression hostile.

« Sarah..., commençai-je.

— C'est à cause de toi, tout ça ! » cria-t-elle avec reproche.

Liam aussi me regardait d'un air hostile. Pour lui, l'aventure s'arrêtait là. Il rentrait aux Saintes-Maries, et tout de suite.

« Un jour ! suppliai-je. Accorde-moi un jour de plus...

— Qu'est-ce que tu imagines ? cria-t-il. Il serait peut-être temps que tu atterrisses, non? Cette histoire te dépasse, mon vieux! Tu ne peux pas t'en sortir seul! Dis-lui, Louise! »

Louise regardait ma sœur.

« Sarah, fit-elle doucement, voudrais-tu venir avec Finn, Liam et moi? Ta maman t'attend, ta maman d'Irlande, celle qui t'a donné le jour… »

Malgré la chaleur, Sarah frissonna. D'un doigt tremblant, elle désigna la roulotte où se trouvait Fabiola.

« Je veux rester avec elle », balbutia-t-elle.

Je baissai la tête.

« Et avec mon frère », ajouta-t-elle.

Liam me demanda d'un ton las ce que je proposais. Mais je ne pouvais que répéter indéfiniment la même chose : j'avais besoin de temps. Sarah devait nous revenir de son plein gré. Sans l'intervention forcément désastreuse des adultes, qu'ils soient gendarmes, hommes de loi ou parents.

Liam avait rangé ses affaires dans son sac à dos.

« Bonne chance! » fit-il, et il marcha vers la route sans se retourner.

Je regardai Louise :

« Tu ne pars pas avec lui? »

Elle fit non avec la tête.

Le visage de Sarah se détendit. Elle bondit et embrassa Louise avec fougue. Pendant quelques minutes, l'émotion nous rendit muets, tous les trois.

Était-ce pour moi ou pour Sarah que Louise était restée? J'avais besoin d'elle pour apprivoiser ma sœur. Et pour me sentir bien, aussi. Même si, jusqu'ici, je ne m'étais pas autorisé à la regarder comme la jeune fille séduisante qu'elle était : Liam avait des vues sur elle, je ne suis pas le genre de type à piquer la copine d'un copain. Quoi que ce copain en pense.

La situation avait bizarrement évolué depuis notre arrivée à l'aéroport une semaine plus tôt. Dès le deuxième soir, Liam avait essayé de l'emmener en boîte : l'idylle semblait bien engagée. Je pensais que mon départ la scellerait définitivement. Que s'était-il passé au mas? Dans l'autocar pour Ganges?

Je me souvins de la façon dont Louise s'était détournée, le jour de ma guérison, lorsque Liam avait tenté de l'enlacer. Il s'était insurgé : « Hier, tu étais d'accord! – Hier, c'était hier! » avait-elle rétorqué. Ensuite, il m'avait semblé qu'elle le fuyait.

Et qu'elle se rapprochait de moi. Non, de Sarah. Forcément de Sarah. Louise était à moitié manouche. Elle se sentait obligée de jouer les intermédiaires entre nos deux univers. En quoi aurais-je pu intéresser une fille comme elle?

« Il faut partir d'ici, repris-je. Les flics ne tarderont pas à rappliquer, Liam va donner notre position... »

Mon copain avait également entendu l'Oncle fixer un rendez-vous à Millau. Il fallait donc convaincre Sarah et Fabiola de changer leur destination. De désobéir à l'Oncle. Comment? Une vague de découragement m'envahit. Oui, cette histoire était trop lourde pour moi.

« J'ai une idée, dit Louise. On va aller chez moi, à Nîmes. Il n'y a personne dans l'appartement. Sarah et Fabiola vont se déguiser en *gadgés* et nous prendrons tous ensemble l'autocar. Ça nous permettra de nous retourner. »

Sarah prit un petit air malin :

« Chez nous, susurra-t-elle, c'est le garçon qui enlève la fille. Manuela, elle regarde tous les soirs par la fenêtre... »

Louise jura qu'elle ne me kidnappait pas pour m'épouser. Sarah fit une moue dubitative. De toute façon, ce n'était pas le moment de comparer nos coutumes matrimoniales : il n'y avait pas une seconde à perdre.

Louise et Sarah se rendirent au village afin d'acheter des vêtements pour Fabiola. Mais là, Louise surprit ma sœur en train de voler une jupe. Quand elle lui dit qu'il ne fallait pas voler, que c'était mal, Sarah répondit simplement : « Ce qui est mal, c'est que certains aient tout, et d'autres rien ! » Dans son esprit, se servir selon ses besoins n'était pas un crime, et n'avait rien à voir avec le vol...

Je songeai avec inquiétude au travail qui m'attendait pour convertir ma sœur à notre système de valeurs.

Ensuite, Fabiola refusa d'enfiler la fameuse jupe – que Louise avait fini par payer. Jamais elle n'accepterait de montrer ses jambes, dit-elle. Je perdis patience. Nous allions rater le car. J'étais certain que c'était encore un tour de Fabiola pour faire échouer notre plan et s'enfuir seule avec Sarah... ce qui les conduirait immanquablement dans les mains des gendarmes. Si je me souciais peu du sort de la Tsigane, qui était depuis le début mon ennemie, je voulais absolument empêcher que Sarah soit appréhendée par un étranger. Surtout en uniforme.

Louise m'expliqua doucement que je faisais erreur. Fabiola ne cherchait pas à me contrarier. Elle craignait juste de choquer les siens par son inconduite. La mère adoptive de Sarah tenait un rôle important dans la communauté ; elle se devait de donner l'exemple. Encore une fois, Louise joua les conciliateurs. La voisine qui avait offert l'hospitalité promit de garder le secret, et Fabiola s'enferma dans la caravane.

Lorsqu'elle en sortit, approximativement transformée en femme *gadgé*, je fus surpris de voir à quel point elle était maladroite et disgracieuse. Ainsi travestie, la Tsigane perdait son inquiétante beauté. Et sans doute ses pouvoirs occultes. Elle semblait désemparée, malheureuse. Au point de me faire pitié et un peu honte : j'étais celui par qui le malheur arriverait, et elle l'avait compris dès la première seconde, en lisant dans ma main, aux Saintes-Maries-de-la-Mer.

Sarah me reprocherait-elle un jour d'avoir transformé sa fée-marraine en femme ordinaire? D'avoir brisé la magie?

10

L'appartement de Louise se trouvant dans la banlieue de Nîmes, il nous fallut changer de car à la gare routière. Fabiola demanda à se rendre aux toilettes afin de remettre une tenue « correcte ». Elle entraîna Sarah, qu'elle ne supportait pas de voir dans son costume *gadgé*.

Louise m'avait assuré qu'il n'y aurait personne chez elle : son frère était en Allemagne et ses parents absents jusqu'à dimanche. Cela nous laissait à peine quatre jours.

Je me sentais oppressé par une angoisse diffuse. Puisqu'elle te dit que l'appartement est vide ! me morigénai-je.

« Voici le bus, dit Louise. Où sont les autres ? »

Mon cœur cessa de battre. C'était ça, la vraie raison de mon inquiétude : que Fabiola et Sarah s'enfuient, m'échappent, encore une fois, et pour toujours.

Je courus vers les toilettes : elles étaient vides ! Paniqué, je me mis à hurler : « Sarah ! » Louise feignait de chercher sa monnaie pour les tickets afin de faire attendre le bus.

« Finn ! »

Sarah accourait, une jupe à volants enfilée à la hâte sur son short. Je l'aidai à grimper.

Tant pis pour Fabiola, me dis-je, furieux qu'elle ait trahi ma confiance. C'est une vieille folle. Elle ne se rend pas compte du risque qu'elle fait courir à ma sœur.

« Sarah ! » cria une voix rauque.

La fillette se figea sur place, perdue, écartelée.

« Vous vous décidez, oui ? » grogna le chauffeur.

Il démarrait quand la Tsigane sauta sur le marchepied et força la porte entrouverte.

Louise lui tendit la main. Le visage de Sarah se détendit.

Pas le mien. Si le pire avait été évité pour cette fois, je savais qu'il y en aurait d'autres. Le désespoir m'envahit. Je ne me sentais ni la force ni même l'envie de continuer le combat.

Sarah et Fabiola étaient liées par une force qui défiait la biologie ou la génétique. Pouvais-je les arracher l'une à l'autre? L'image de maman me traversa. Dix ans plus tôt, elle avait failli mourir de chagrin en perdant son bébé adoré. J'allais infliger la même peine à une autre mère. Mais Fabiola n'était pas la véritable mère de Sarah. Peut-être ne souffrirait-elle pas autant? Je savais bien que si…

Je songeai à la nervosité de ma mère, à tout cet amour qu'elle portait en elle et que mon père, puis moi, lui avions renvoyé à la figure, agacés par sa possessivité… Comment dénouer ce drame? Comment éviter que Sarah, qui n'avait jamais souffert d'un manque d'affection, ne s'effraye, en retrouvant maman, de ce déferlement de tendresse étrangère, incoercible et douloureuse? Comment rompre – ou distendre – sans traumatiser personne, les liens passionnels qui unissaient Fabiola et Sarah ?

Louise habitait au septième étage d'une tour dans une cité moderne où les arbres étaient encore rachitiques. Si Fabiola frémit en découvrant ce qu'elle appelait une « cage à lapins » et refusa d'emprunter l'ascenseur, Sarah parut réjouie de découvrir une baignoire, de l'eau chaude et une douche pour s'asperger. Louise lui proposa un bain moussant.

Pendant que les filles se lavaient, Fabiola, qui avait contemplé la salle de bains avec mépris, ouvrit la porte-fenêtre du living et transporta quelques meubles sur le balcon.

« Tu crois que tu peux l'acheter avec des bulles de savon, me dit-elle. On voit que tu ne la connais pas. »

Je renonçai à me défendre.

« Sarah ne supportera pas de vivre enfermée, poursuivit-elle. D'aller à l'école des *gadgés.* Et puis c'est quoi, des parents qui ne vivent pas ensemble ? Chez nous, il n'y a pas de baignoire, mais nous sommes une famille. Si tu la sépares de moi, elle tombera malade. C'est pour ça que je suis là. Même si le cœur me lâche quand je regarde au-dehors... »

Je détestais l'entendre parler de cette voix d'outre-tombe, comme si elle prédisait l'avenir. Ou plutôt comme si elle le dessinait. Je ne devais pas céder à cette intimidation, mais m'adresser à elle comme à une personne normale. L'amener à me rejoindre sur un terrain rationnel, raisonnable.

« Je sais que vous l'aimez, Fabiola, dis-je. Moi aussi. Ainsi que mes parents. Ils ont été assez malheureux, ils ne voudront pas qu'elle souffre. Nous trouverons une solution, je vous le promets... »

Elle cracha par terre, sur la moquette.

« Les *gadgés* n'ont pas de parole. »

Nous ne fûmes pas longs, Louise et moi, à comprendre que la cohabitation n'allait pas être facile. Fabiola et Sarah n'avaient jamais vécu en appartement. Dès son arrivée, la Tsigane avait bouché la rambarde du balcon avec de vieilles nippes pour ne pas voir le vide, car, si elle ne pouvait manger qu'à l'air libre, et donc sur la terrasse de cinq mètres carrés (à peine), elle souffrait de vertige... Sarah montrait de plus grandes facilités d'adaptation, mais elle était sans cesse partagée entre le désir de nous faire plaisir et la peur de décevoir sa mère adoptive.

Un matin, au retour du marché, Louise découvrit Fabiola en train d'étendre sa lessive dans le hall de l'immeuble. Elle laissa éclater sa colère. Fabiola remballa son linge sans un mot et monta dignement les sept étages. Elle refusait toujours de prendre l'ascenseur, prétendant qu'elle suffoquait dans ces cages sans air.

Elle avait déménagé la moitié des meubles pour créer un environnement à sa convenance, dormait toute habillée sur le canapé du salon, refusait d'utiliser lave-linge ou lave-vaisselle... De notre société décadente, tout ce qu'elle semblait apprécier était la chaîne haute-fidélité, qu'elle faisait brailler à toute heure du jour et de la nuit !

Chaque repas provoquait une nouvelle dispute. Fabiola voulait manger sur le balcon, Louise à la cuisine. Pour contenter tout le monde, Sarah décida qu'elle déjeunerait avec nous et dînerait avec Fabiola.

Je laissai passer ainsi les deux premiers jours, mais le troisième soir, quand Fabiola alluma le petit gril à charbon de bois qu'elle avait trimballé sur le balcon, j'installai d'autorité ma sœur à côté de moi. Elle courut se réfugier dans les bras de sa mère adoptive.

Louise était à bout de nerfs.

« Je vais acheter une baguette de pain, dit-elle, j'ai besoin d'air! »

Sarah émit un ricanement de victoire qui me donna presque envie de la gifler. Je me sentais près de craquer, moi aussi. Acculé dans une impasse. Je me servis un verre d'eau pour me calmer. Mais Sarah avait décidé de me provoquer. Elle mit la radio très fort, une sorte de musique vulgaire et entraînante que je détestais. Quand je revins dans le living pour la faire cesser, elle dansait avec un air effronté, et Fabiola, depuis le balcon, souriait.

Je décidai de ne pas répondre à la provocation. Je m'assis et regardai ma sœur se contorsionner, avec toute la tolérance dont j'étais capable. Quand les voisins commencèrent à taper sur les radiateurs, je craquai, bondis hors de mon fauteuil et arrachai la prise. Sarah s'arrêta net. Nous nous mesurâmes du regard. C'était fini, je n'y croyais plus.

L'instant d'après, j'étais dans l'ascenseur, épuisé comme si l'on m'avait roué de coups.

Je marchai longuement dans cette banlieue anonyme et inhospitalière. Au-delà des immeubles, il y avait un parc. Je m'assis sur un banc et laissai les bestioles me dévorer dans l'humidité du soir.

J'avais échoué. L'entreprise me dépassait. Je déposais les armes. Douces et tièdes, les larmes coulèrent sur mon visage. Un garçon ne pleure pas, me dis-je. Pourquoi, si ça me faisait du bien? Je songeai à la pension, à Liam, à nos jeux de plein air et à notre application à nous montrer des hommes en toutes circonstances. Foutaises. Liam avait craqué, lui aussi, et avant moi. Je ne lui en voulais plus. Il m'avait déçu, certes, mais sans doute s'était-il montré plus clairvoyant que moi.

Ils étaient beaux, mes rêves chevaleresques ! Je voulais secourir ma sœur, reconstruire notre famille, faire revivre ma mère et entendre mon père me dire qu'il était fier de moi. Rien que ça. Moi, Finn O'Donnel, quatorze ans.

Et je n'avais qu'une envie : me blottir

dans les bras de maman et pleurer encore. Dormir. Ne jamais me réveiller.

C'est alors qu'une main se posa doucement sur mon épaule. Louise était là, près de moi. Elle s'assit et essuya d'un doigt tremblant une larme qui glissait le long de ma joue. Depuis la boulangerie, elle m'avait vu me ruer hors de l'immeuble, et m'avait suivi.

« Moi, j'ai suivi Louise », fit une petite voix.

Sarah! Elle se planta face à moi et articula avec effort : *« Not leave me. »*

Ses premiers mots d'anglais... Les sanglots se bousculaient dans ma gorge. Je les ravalai; je n'allais pas m'effondrer devant les deux filles qui comptaient le plus pour moi! Je fis donc un énorme effort pour me montrer aussi viril qu'on l'enseigne dans les collèges irlandais. Louise et Sarah aussi, sans doute, parce que nous restâmes tous trois embarrassés, muets, et les yeux presque secs.

« Ça ne peut pas continuer comme ça », murmura Louise.

Je me mis debout et nous reprîmes en silence le chemin de l'appartement. Sarah me donnait la main.

« Veux-tu que je t'apprenne l'anglais? » fis-je.

Elle hocha la tête pour dire oui.

La soirée fut calme, ainsi que la matinée du lendemain. Je donnai à Sarah sa première leçon d'écriture. Fabiola se balançait sans mot dire sur le balcon. Louise remettait de l'ordre dans l'appartement.

Je me surpris à croire de nouveau au miracle.

11

Depuis la scène dans le parc, il me semblait que Louise évitait mon regard. Je pensais que c'était parce que nous avions été très près de nous embrasser. Louise sentait bon, sa peau était douce et ses cheveux soyeux sous la main. J'avais envie de la caresser, de la serrer dans mes bras. Si c'est ça, l'amour, alors j'étais amoureux, et pour la première fois.

Est-ce que tous les amoureux sont aussi maladroits que moi ? Quand je rejoignis mon amie dans la cuisine, où elle préparait le déjeuner, au lieu de lui dire ce que je ressentais, je partis dans une grande déclaration sur les progrès de Sarah et la confiance nouvelle que j'avais en l'avenir.

« Tout va s'arranger, maintenant, j'en suis sûr », bêtifiai-je.

Elle eut une moue sceptique et commença une phrase que je ne lui laissai pas achever.

« C'est grâce à toi, Louise, bégayai-je, parce que tu m'as aidé, et à deux on est plus forts. Je sens... Je sens que rien ne pourra plus m'arrêter, à présent. J'expliquerai à Fabiola qu'elle doit laisser sa chance à Sarah. Je tiendrai tête à mon père. Il faudra bien qu'il comprenne que la vie ne se réduit pas à un diagnostic et une ordonnance. Quant à maman, je l'aiderai à comprendre Sarah. Ce ne sera pas facile pour elle d'admettre que sa fille est différente. Mais nous y arriverons. Grâce à toi... oh Louise!... Louise! »

Je la pris dans mes bras.

« Finn, attends, il faut que je te dise...

— Plus tard... »

Elle ne résistait plus. J'allais l'embrasser quand Sarah déboula dans la cuisine, affolée et criant : « Le feu! Le feu! »

Une fumée âcre s'échappait du balcon.

J'ai toujours eu peur du feu. Mes cauchemars d'enfants étaient peuplés de flammes et de crépitements. Tant pis. J'étais le seul homme et je devais me conduire comme tel. Heureusement, le sinistre semblait circonscrit aux chiffons tassés entre les tiges de fer de la rambarde. Mais le vent poussait la fumée vers le salon. Fallait-il fermer la porte-fenêtre ou lancer des seaux d'eau, au jugé, sur le balcon?

« Fabiola! criai-je. Ne restez pas dehors! »

Pas de réponse. Louise me passa une cuvette pleine. Puis une autre. Je ne réfléchissais plus, j'économisais mon souffle et versais l'eau sur les hardes enflammées. Ça sentait très mauvais et je songeai furtivement que seules les matières synthétiques se consument en dégageant une telle odeur. Folle de Fabiola avec ses jupons de nylon! Combien de Tsiganes se transformaient en torches vivantes quand l'huile de leurs grillades s'enflammait? Je me souvins que son mari et sa fille avaient succombé aux émanations d'un poêle défectueux. Sarah aurait pu mourir asphyxiée des dizaines de fois. Être blessée. Mal soignée. J'avais eu de la chance de l'avoir retrouvée saine et sauve! Mais il était plus que temps qu'elle retrouve une existence normale.

La fumée se dissipait peu à peu. Quelques badauds stationnaient au pied de l'immeuble, et Louise se chargea de les rassurer : « Ce n'est rien, cria-t-elle, une cigarette mal éteinte dans une corbeille à papiers... » Je faillis me mettre à rire tant le mensonge était grossier.

Enfin, toussant et essoufflés, nous nous laissâmes tomber sur le canapé.

« C'est fini, vous pouvez revenir ! » criai-je.

Silence.

« Sarah? Fabiola? » appela Louise.

Je tendis l'oreille mais, au fond de moi, j'avais compris. Ce n'était pas le barbecue qui s'était enflammé mais des morceaux de tissu, qui n'avaient aucune raison de brûler. Ce feu n'avait pas pris tout seul. Fabiola l'avait provoqué délibérément, pour créer une diversion et s'enfuir avec Sarah. Cette femme était folle. L'amour n'excuse pas tout.

Par acquit de conscience, Louise visitait chaque pièce. Elle ferma sans bruit la porte d'entrée, restée grande ouverte.

J'enfouis ma tête dans mes mains.

« Pourquoi? bredouillai-je. Pourquoi? On

commençait à s'habituer… C'est cette sorcière ! Sarah voulait rester, j'en suis sûr ! Elle l'a obligée… Louise, tu as vu, hier, comment elle me faisait confiance, elle essayait même d'écrire… »

Louise n'arrivait pas à parler. Elle faisait juste « non » avec la tête. Quand elle se fut mouchée, elle se racla la gorge et parvint à articuler.

« *Tu* commençais à t'habituer, Finn. Pas elles… »

Je ne voulais pas l'écouter. Je refusais qu'elle ait raison. Qu'allait-il se passer, maintenant ? Impossible d'imaginer l'avenir. Plutôt mourir que d'affronter les autres, la réalité, mon échec.

Combien de temps passai-je ainsi, affalé sur le divan ? Les premières heures, je guettais la sonnette. Sarah ne pouvait pas m'avoir lâché comme ça. Pas après ce qui s'était passé devant le fleuve.

Louise me dérangeait. Devant elle, je n'osais pas m'abandonner totalement à mon chagrin. Je n'avais pas besoin de ses sandwichs, je ne voulais pas qu'elle me caresse les cheveux (j'avais trop peur d'éclater en sanglots) et encore moins qu'elle me parle. Entendre des paroles sensées, raisonnables et tristes était au-dessus de mes forces. Quand elle commençait une phrase, je suppliais : « Plus tard, s'il te plaît. »

Le soir tombait quand on sonna à la porte. Ce fut comme si mon cœur explosait. « Elle est revenue ! » m'écriai-je. Je bondis sur mes pieds. Louise ouvrit, la tête me tourna et je dus m'adosser au mur pour éviter de tomber.

Ce n'était pas Sarah. C'était Marie. Je restai hébété, comme devant une étrangère. Je ne comprenais plus rien.

« J'ai essayé de te le dire, murmurait Louise. J'ai appelé Marie, hier soir. Je lui ai demandé de venir. On n'y arrivait plus, tout seuls. Il ne faut pas m'en vouloir… »

Ces paroles, je les devine, parce que, sur le moment, Louise aurait tout aussi bien pu parler chinois. Je n'écoutais pas.

Je regardais la femme qui se tenait devant moi, et soudain, je reconnus ce visage malheureux et inquiet, mais dans mon souvenir les cheveux étaient plus blonds, tirés en arrière… Je fermai les yeux et des images que j'avais cru disparues à jamais se frayèrent un chemin jusqu'à ma conscience. La voiture accidentée, la bouche ouverte de ma grand-mère, le sang sur le front de Sarah, et Marie, toute jeune, plus mince, mais avec ce même regard désolé et bon, toujours aussi bon...

Je me jetai dans les bras qu'elle me tendait et sanglotai comme l'enfant de quatre ans que j'avais été. Un enfant qui avait tenté d'effacer cette scène d'horreur de sa mémoire. Mais qui ne pourrait devenir un homme qu'à la condition d'affronter le passé.

« Elle est partie, hoquetai-je. Elle est partie, j'ai tout raté... »

Il fallut peu de temps à Marie pour nous prendre en charge et remettre l'appartement en état. Son arrivée avait fait tomber la tension nerveuse qui me maintenait debout et je me sentais mou comme un paquet de linge sale. Louise semblait aussi assommée que moi.

Je n'avais pas la force de téléphoner à mes parents, aussi Marie le fit-elle à ma place. Il fut décidé que nous prendrions la route pour les Saintes-Maries le lendemain matin.

Marie nous raconta ce qui s'était passé au mas cette dernière semaine. Comme prévu, maman était arrivée le lendemain de ma fugue. D'autant plus agitée qu'il n'y avait rien à faire qu'à attendre. Bien que Marie n'en dise rien, j'étais certain que ma mère avait agressé son ancienne jeune fille au pair : Marie ne lui avait-elle pas déjà « perdu » un enfant?

Quand il fut établi, grâce à Burr, que j'avais bien retrouvé Sarah, et après la disparition de Louise et Liam, mon père se mit en branle depuis l'Irlande. Il alerta les services consulaires, fit rouvrir l'enquête, et, sur le conseil de son avocat, déposa une plainte contre Fabiola.

« Il a fait ça? m'écriai-je. Ça veut dire que si Fabiola est retrouvée, elle risque d'aller en prison?

— Tes parents n'avaient guère le choix, soupira Marie. La justice est une machine compliquée. Sarah est de nationalité irlandaise et l'accident a eu lieu en France. Il y a toutes les chances pour qu'une extradition[1] soit demandée… »

Je baissai la tête. Marie me parla de maman, du courage qu'elle avait montré. Elle me décrivait une femme que je ne connaissais pas, lucide et décidée à se battre. Mais terriblement seule.

---

1. Cette procédure permet à un État de se faire livrer un individu poursuivi ou condamné et qui se trouve sur le territoire d'un autre État.

« Ç'aurait été plus facile si ton père avait été là... »

Tout aurait été plus facile si mon père ne nous avait pas tourné le dos depuis dix ans.

« Mais Liam a été parfait, reprit Marie.

— Liam? Ce lâcheur!

— Ne crois pas cela... »

À peine arrivé, mon copain était reparti avec les gendarmes au camp de Tsiganes. Mais nous étions déjà en route pour Nîmes. Liam était rentré au mas très abattu. Il se reprochait de m'avoir trahi, sans rien avoir résolu pour autant.

« Il a longuement parlé avec ses parents au téléphone, dit Marie, et ça a eu l'air de lui faire du bien. Ensuite, il a emmené ta mère aux Saintes-Maries.

— Ma mère?

— Pour lui montrer comment vivent les Tsiganes. Pour qu'elle puisse mieux comprendre sa fille.

— C'est bien, approuva Louise. Vraiment bien.

— Sauf qu'on a perdu Sarah », soupirai-je.

Maman était rentrée bouleversée des Saintes-Maries. Entre-temps, papa était enfin arrivé, prétendant avoir réglé les problèmes administratifs.

« Mais la plainte contre Fabiola est maintenue? demandai-je.

— Oui… »

Marie n'en dit pas plus. Elle semblait avoir des doutes sur l'action de mon père, ou sur son efficacité. J'eus également l'impression qu'elle me dissimulait quelque chose.

« Ils se sont disputés?

— Non… C'est dur pour eux. Et ton père est mal à l'aise en français… On le balade de bureau en bureau… »

Mon père, mal à l'aise? D'habitude, c'était plutôt les autres qui étaient mal à l'aise en face de lui!

Louise, rompue par les émotions, avait fini par s'endormir, la tête sur mon épaule. Malgré ma peine, j'étais troublé de sentir, si près de moi, son souffle régulier. Marie m'aida à la transporter sur son lit et je sombrai bientôt, moi aussi, dans un profond sommeil.

TROISIÈME PARTIE
LE CHOIX

12

Le lendemain matin, Marie et Louise furent prêtes bien avant moi. Il m'était difficile de m'arracher à ces lieux où j'avais vécu avec Sarah. Et je redoutais les retrouvailles avec mes parents, dans l'état où ils étaient. Dans l'état où j'étais.

Nous formions décidément une curieuse famille : nous nous faisions d'autant plus souffrir que nous souffrions nous-mêmes. Chez les Tsiganes, autant que j'avais pu en juger, les membres d'une même tribu s'entraidaient, allégeaient le poids qui pesait sur les épaules des autres. C'était pour rassurer Fabiola que l'Oncle avait quitté les Saintes-Maries avant la procession. Par amitié que la voisine avait proposé sa roulotte lorsque les autres avaient dû partir. Quant au mariage, il m'avait laissé le souvenir d'une fête généreusement ouverte à tous ceux qui voulaient partager le bonheur du jeune couple. On était loin de nos calculs mesquins, formulaires juridiques, pensions alimentaires, droits de visite...

En quittant Nîmes et en retournant aux Saintes-Maries, où mes parents m'attendaient, non pas ensemble mais séparément, je disais définitivement adieu à ce monde qui s'était montré aussi prodigue qu'inaccessible. Je lui abandonnais ma sœur, de force, et après l'avoir partiellement détruite ; car s'il était clair qu'elle avait été heureuse pendant les dix années où nous l'avions pleurée, qu'en serait-il désormais ? Comment supporterait-elle de m'avoir retrouvé puis perdu ?

Je bouclais mon sac quand j'entendis un grattement à la porte. Mon cœur bondit.

« Il y a quelqu'un ? » fit Louise.

J'avais déjà ouvert. Je savais que c'était elle. Sarah. Chiffonnée, hésitante, malheureuse, blottie dans un coin du palier. Une pensée me traversa : elle attendait depuis longtemps, toute seule, essayant de rassembler assez de courage pour frapper.

« Sarah, balbutiai-je, merci, mon Dieu…

— Je suis revenue… »

Elle n'arrivait pas à se décider à entrer. Je lui tendis la main, elle se jeta dans mes bras en pleurant. J'étais plus heureux que je n'aurais pu le dire, mais j'avais peur de la brusquer. Si je l'attirais, même doucement, dans l'appartement, ne s'enfuirait-elle pas à nouveau? Je voyais bien qu'elle allait mal, qu'elle était bouleversée.

Marie traversa le living, son doux sourire aux lèvres.

« Bonjour, Sarah, dit-elle. Tu me reconnais? Nous nous sommes vues aux Saintes-Maries. Entre, ne reste pas dans le courant d'air. »

Louise referma doucement la porte. Sarah regarda les sacs de voyage et me lança un regard effrayé. J'augmentai la pression de mes bras sur ses épaules. Nous devions avoir l'air bizarre, collés ainsi l'un à l'autre, avec ma tête qui dépassait et mes yeux qui picotaient…

Brusquement, je ressentis un grand froid. Sarah s'était détachée de moi. Mais c'était pour embrasser Louise, qui lui parlait avec volubilité tout en lui caressant les cheveux :

« Marie est très gentille, tu verras, elle habite une belle maison en Camargue, avec des chevaux, des taureaux, des flamants roses ! Elle va nous ramener chez elle, je suis sûre que ça te plaira... »

Sarah gardait les yeux baissés. J'entendais Marie téléphoner à mes parents dans la pièce voisine.

« Là-bas, tu feras connaissance avec papa et maman..., ajoutai-je d'une voix sourde, en essayant de masquer mon inquiétude. Ils t'attendent avec impatience. »

Sarah se remit à pleurer, à longs sanglots irrépressibles qui me déchiraient le cœur. Je ne savais que faire. Louise semblait aussi impuissante que moi à la consoler.

Marie, qui avait raccroché, nous rejoignit. L'ombre de Fabiola planait mais personne n'osait demander où elle était, si elle savait que Sarah nous était revenue. Marie détourna habilement le cours de nos pensées :

« Tu te souviens aussi de mon petit garçon ? fit-elle. Louise l'avait gardé pendant le jeu de la cocarde... Il s'appelle Béranger. Tiens, regarde, j'ai une photo de lui... C'est un sacré loustic, tu peux me croire ! »

Sarah jeta à peine un regard. Marie reprit d'une voix douce :

« J'ai apporté d'autres photographies avec moi. Tu veux les voir? »

Ma sœur essuya son nez sur sa manche.

« Mon papa et ma maman d'Irlande? » fit-elle faiblement.

Marie me passa les photos et je les tendis à Sarah.

« Voilà maman… et… »

J'étais furieux. Mon père n'aurait pas pu trouver un portrait de lui tout seul? Une photo d'identité, n'importe quoi… Non, il avait fallu qu'il donne une photo de famille! Sa nouvelle femme et ses deux pisseuses! Sarah examinait attentivement le visage de maman.

« Voici papa… »

L'effet ne se fit pas attendre. Choquée, Sarah froissa les deux photos et les jeta par terre. Je les ramassai en soupirant, pendant que Marie empoignait nos bagages. Au moment de quitter l'appartement, je craignis un nouveau caprice, une crise de panique, un revirement de dernière minute. Mais Sarah descendit bravement dans l'ascenseur entre Louise et moi. C'est à peine si la pression de ses doigts sur ma main s'accentua pendant que défilaient les sept étages.

La voiture de Marie était garée au pied de l'immeuble. Sarah regardait autour d'elle d'un air éperdu. Mon cœur se serra. Qu'allions-nous lui faire? En avions-nous le droit? Je cherchais un appui du côté de Marie quand j'entendis ma sœur pousser un grognement de joie : Fabiola, surgie de nulle part, avançait vers nous de son pas lent et majestueux, la tête bien droite, le regard fier.

« Je viens aussi », articula-t-elle.

Sarah s'était précipitée. Fabiola lui caressa le visage de ses longues mains brunes. Je ressentis un pincement au cœur : maman saurait-elle caresser aussi bien? Puisqu'il était clair que la confrontation aurait lieu; que Sarah aurait à choisir entre ses deux mères...

Marie, d'abord déconcertée, retrouva rapidement ses esprits. Elle avertit Fabiola des risques qu'elle encourrait, compte tenu du mandat d'arrêt lancé contre elle.

« Je sais, répondit la Tsigane. Mais si je n'accompagne pas Sarah, c'est elle qui courra un risque. Et plus grave encore que la prison. »

Toujours ces paroles prophétiques qui me faisaient froid dans le dos... Je savais pourtant qu'elle disait vrai. Son courage forçait le respect. Cette femme qui souffrait, à qui j'avais fait tant de mal, aimait plus Sarah que sa propre liberté. Et quand on sait ce que la liberté représente pour une Tsigane…

« Tout ira bien, fit Marie d'une voix apaisante. Faites-moi confiance. »

Les lèvres de Fabiola s'étirèrent en une grimace ironique : faire confiance aux *gadgés* ? Jamais.

Sarah prit place entre moi et Fabiola. Elle profita d'un moment où je me penchais en avant – afin d'échanger quelques mots avec Louise – pour glisser sa petite main dans ma poche et en retirer les photos de nos parents, qu'elle étudia en cachette. Fabiola fixait la route, le visage impassible.

Mon rêve se réalisait, mais rien n'était semblable à ce que j'avais imaginé. Je tentai de me persuader que mon rôle était achevé, et que je pouvais, en toute quiétude, passer le relais à des personnes plus compétentes que moi. Je n'y croyais pas.

En approchant des Saintes-Maries, l'angoisse me rendit volubile. Je me mis à parler à tort et à travers. Je pressai Sarah d'admirer les manades et les maisons, la hauteur des arbres et la couleur des vaches. Je lui parlai des moutons irlandais qui paissent librement dans les champs de tourbe, et qui sont marqués, eux aussi, pour qu'on sache à qui ils appartiennent.

« Chez nous, précisai-je, on fait juste un signe à la peinture indélébile. Tandis qu'ici, on leur applique un fer rouge ! Tu devrais voir José, l'oncle de Louise, le dresseur de chevaux sauvages… »

Qui écoutait mon bavardage ? Marie semblait inquiète, Fabiola farouche, et Louise était perdue dans ses pensées. Quant à Sarah, elle avait mal au cœur. Il fallut s'arrêter deux fois pour la laisser vomir. Elle termina la route devant, à côté de Marie, pour avoir plus d'air.

13

Nous étions arrivés. La voiture s'arrêta dans l'allée qui conduisait au mas.

Mon père et ma mère sortirent de la maison, suivis de Liam. Maman courut vers la voiture, ouvrit la portière et serra Sarah contre elle en pleurant. Je sentis physiquement la peur de ma petite sœur, son appel au secours muet.

Je ne pouvais y répondre. À peine étais-je sorti de l'auto que mon père m'embrassa, événement rarissime qui nous laissa tous les deux mal à l'aise et empruntés. Je cherchai Fabiola des yeux. Était-elle restée dans la voiture, sachant qu'elle n'avait aucune place dans ces effusions?

Louise retrouvait son oncle, Marie son mari et son fils, Sarah et moi, nos parents. Autant dire qu'il y avait du bruit, des larmes et des exclamations, tout le monde parlait à la fois. Mais la joie était contrainte, suspendue à une menace diffuse, comme si nous jouions tous – et mal – un rôle imposé. C'était si différent de ce dont j'avais rêvé...

Marie, Thierry et Liam semblaient nerveux, tendus. Thierry ouvrit la portière du côté de Fabiola et l'aida à descendre. Elle se tint raide et droite, à l'écart du groupe. Discrétion? Embarras? Personne n'osait regarder de son côté. Sauf Sarah, à moitié étouffée par maman, qui se tordait pour l'apercevoir.

Maman lâcha Sarah pour moi et papa souleva ma sœur dans ses bras. Les yeux plongés dans ceux de sa mère adoptive, comme pour y puiser un courage qui lui faisait défaut, crispée par la peur, elle se laissait embrasser comme un mannequin de cire, les bras le long du corps, les pointes de pied tendues.

Tout ceci avait assez duré. Qu'attendait-on pour entrer dans la maison? Pourquoi

Marie et Thierry, d'habitude chaleureux et hospitaliers, se tenaient-ils comme des piquets devant la porte? Je m'arrachai aux bras de maman et me tournai vers mon père, qui venait de reposer Sarah à terre. Avant que j'aie pu lui poser la moindre question, Liam me tira par le bras et me fit signe de me taire.

Mon père s'adressa à Sarah dans un français hésitant. À Sarah ou à nous tous?

« Sarah, ma petite fille, ta mère et moi avons tant attendu ce moment… Crois bien que… hum… »

Maman lui coupa la parole en pleurant :

« J'aurais tant voulu, ce soir, pouvoir te border dans ton lit, te regarder dormir, mais… »

Elle ne put continuer. Qu'essayaient-ils de dire? Mon père reprit, en fixant ses chaussures :

« Il va falloir attendre encore un peu pour cela, *darling*…

— QUOI? »

Mon cri effraya Sarah qui jeta des regards paniqués autour d'elle.

Mon père posa sa main sur mon épaule. J'entendis les mots « services sociaux, juge pour enfants ». C'était un mauvais rêve.

« Vous ne pouvez pas faire ça! balbutiai-je. J'ai promis… »

Oh si, ils le pouvaient! Deux gendarmes sortirent de la maison. Puis une inconnue à lunettes. On aurait dit un polar minable. Je n'en croyais pas mes yeux. Fabiola, plus habituée que moi à la fourberie des adultes soi-disant « civilisés », avait compris :

« Cours, Sarah, cours! » cria-t-elle.

Ma sœur hurlait et gesticulait comme une biche aux abois. C'était insupportable. Elle n'avait aucune chance. Nous l'encerclions, certains exprès, d'autres – comme moi – par simple maladresse : si je n'avais pas été paralysé par l'horreur, j'aurais peut-être pu l'aider à s'enfuir… M'aurait-elle fait confiance? Je faisais partie du piège, de ce monde ennemi.

Les gendarmes finirent par la maîtriser.

« Lâchez-la! » hurlai-je.

Elle leur échappa une seconde, pour buter dans la femme à lunettes qui lui boucha la route. La confusion était extrême. Tout le monde criait. Je cherchai Fabiola des yeux. La Tsigane courait à travers champs, je la vis disparaître dans les herbes folles.

« Maman! Maman Fabiola! » criait Sarah, désespérée.

Elle n'avait pas crié mon nom. L'imbécile à lunettes tentait de la calmer avec des mots qu'elle ne pouvait pas comprendre, genre « Aide sociale à l'enfance, période de probation, tests psychologiques », et maman s'en mêlait, ajoutant en anglais (en anglais!) que c'était juste l'affaire de quelques jours... Louise, en larmes, se laissa entraîner par son oncle aux écuries, les gendarmes pestaient parce que Fabiola leur avait échappé, tout le monde était devenu fou.

Sarah se débattait comme un beau diable. Elle mordit l'assistante sociale. Les gendarmes la poussèrent sans ménagement dans le fourgon. Déchaînée, elle parvint à tendre un bras vers moi en sanglotant « Maman! »

« Sarah, je ne savais pas, je te le jure... », bégayai-je.

Les portes de la camionnette claquèrent et le véhicule démarra.

Un horrible silence succéda aux cris et aux gesticulations.

« Finn... », dit maman.

Mon cœur battait à toute allure mais je me sentais glacé. Je regardai mon père et ma mère, les lèvres sèches. Ils étaient devenus de parfaits étrangers. Les avais-je jamais connus?

« Vous avez tout gâché, articulai-je en détachant bien mes mots. Comme d'habitude. »

Ma mère fit un pas vers moi, implorante.

« Laisse-moi ! » criai-je.

Je ramassai mon sac à dos dans la voiture et marchai lentement vers les écuries. J'entendis derrière moi la voix de mon père qui m'ordonnait de revenir. Je ne me retournai même pas.

José et Louise m'accueillirent sans un mot. Le logement du gardian ne comportait qu'une chambre. Quand sa nièce était là, il dormait dans la salle. Il me proposa de partager son canapé-lit. Je préférai une paillasse dans la grange où l'on gardait le foin pour les chevaux. J'avais besoin d'être seul. Et de coucher à la dure, pour me punir.

Je restai deux jours sans ouvrir la bouche. Le troisième jour, malgré mes gestes de protestation, José s'installa de force sur mon galetas.

« J'ai pas été aux écoles comme toi, fiston. Alors je vais te parler de la seule chose que je connaisse, les chevaux. J'en ai dressé des dizaines, des petits, des grands, des nerveux, des rétifs… Eh bien, tous, ils ont fini par comprendre que je ne leur voulais pas de mal.

— C'est pas vrai ! Et en plus, ça n'a rien à voir ! »

Il m'épargna le « Tiens, on a retrouvé sa langue ! » habituellement servi en pareil cas, et je lui en sus gré. Il me tendit un bout de saucisse sèche que je mastiquai longuement avant de pouvoir déglutir. J'avais honte, je me dégoûtais. Je n'étais même pas capable de faire la grève de la faim. D'ailleurs, à quoi ça aurait servi ?

J'essayai d'expliquer à José qu'il leur voulait du mal, en fait, à ses bêtes, puisqu'il les privait de leur liberté. Sans compter qu'entre un cheval et une petite fille, il y avait une marge.

« Je n'aurais jamais dû revenir, ajoutai-je. J'aurais dû rester avec ma sœur. Fabiola aurait fini par m'accepter. J'aurais partagé la vie des Tsiganes. Eux au moins, ils ont un cœur. Maintenant, tout est fichu. Sarah ne pourra plus jamais avoir confiance en moi.

— Il ne faut jamais dire "jamais" », répondit José.

Mais il était aussi triste que moi.

La presse et les médias s'étaient immédiatement emparés de l'affaire. Louise m'apportait les journaux où l'on parlait de « l'enfant sauvage des Saintes-Maries ».

Depuis l'horrible scène avec les gendarmes, je n'avais pas mis le nez dehors. Cinq jours s'étaient écoulés, cinq jours pendant lesquels j'avais été séparé de Sarah.

Je lisais une interview de mes parents où ils traitaient Fabiola de sorcière et de kidnappeuse quand Marie entra dans la grange, le visage soucieux. Elle m'affirma que ce papier était un tissu de mensonges. En réalité, mon père refusait de recevoir les journalistes ; dépité, l'un d'eux avait carrément inventé les questions et les réponses. Je haussai les épaules. Que m'importait ? Fabriqué ou pas, l'article reflétait bien l'opinion de mes parents.

« Tu ne veux pas leur dire un mot ? fit-elle. Ils sont si malheureux… »

Je secouai la tête. Elle soupira.

« Sarah va mal, murmura-t-elle. Nous sommes très inquiets. »

Elle m'apprit que ma sœur avait fait un tel raffut au foyer de l'enfance qu'on l'avait isolée à l'infirmerie, où psychiatres et assistantes sociales se relayaient, sans résultat.

« Tu crois que Louise accepterait de m'accompagner? » demandai-je.

Marie hésita : Louise s'occupait beaucoup de Béranger...

« Et de Liam, je suppose! lançai-je avec amertume. Elle a raison! Un faux-cul, ça vaut mieux qu'un minable comme moi!

— Finn, on dirait vraiment que tu cherches à te faire du mal, murmura Marie, désolée. Louise est déjà allée au foyer, et même plusieurs fois, mais Sarah ne veut voir personne. Sauf Fabiola. Peut-être auras-tu plus de chance? »

Hélas non! Sarah O'Donnel, me dit-on au bureau d'accueil, refusait toutes les visites. Elle réclamait toujours la même personne, une certaine Fabiola, qui n'était jamais venue. « Pour que vous la mettiez en prison? » m'écriai-je. La femme me regarda sans comprendre. « Vous devriez lire les journaux! » ajoutai-je en claquant la porte.

Le lendemain matin, Liam entra dans la grange, un sac de croissants à la main. S'il y avait quelqu'un que je ne voulais pas voir, c'était bien lui. Depuis son lâchage, j'avais reporté sur lui une bonne partie de ma frustration et de ma rancœur. Je me levai sans un mot et passai dans l'écurie. Il me suivit, m'attrapa par les épaules et me força à lui faire face.

« C'est bientôt fini? J'ai à te parler.

— Pas moi.

— Arrête! C'est grave. Sarah refuse de manger et de parler. Les médecins sont inquiets.

— Même mon père? grinçai-je.

— Tu sais que tu deviens vraiment lourd? Allez, finis ton p'tit déj', choisis-toi un cheval et viens galoper avec moi! Ça te remettra les idées en place! »

Je lui dis qu'il pouvait aller se faire cuire un œuf.

« O.K., j'ai mal assuré, admit-il, mais toi, qu'est-ce que tu fais, en ce moment? Tu laisses tomber ta sœur, au moment où elle a le plus besoin de toi!

— Elle ne veut pas me voir.

— Je sais, c'est Fabiola qu'elle réclame! Tu ne comprends pas qu'il faut absolument la retrouver? Oh, ne t'inquiète pas, ce ne sont pas tes parents qui m'envoient! Ni les flics!

— Louise, peut-être?

— T'arrêtes ta parano? Louise est en plein chagrin d'amour! Au fond de la déprime! Même Béranger commence à en avoir marre!

— Tu l'as laissée tomber?

— Non mais tu le fais exprès? Elle est raide dingue de toi! Ah, on peut dire que je ne suis pas rancunier, parce que pour casser les coups des autres, t'es grandiose, vieux! Allez, viens avec moi parler à José. Il est le seul à pouvoir ramener la Tsigane. Et on a déjà trop attendu! Bientôt, ça sera une question de vie ou de mort, tu piges? »

Sa voix était voilée par l'angoisse. Je frissonnai. De peur, de honte aussi.

« O.K. Le temps de seller les chevaux.

— C'est déjà fait. Qu'est-ce que tu crois? »

14

À son regard fuyant et ses réponses maladroites, je compris que José ne nous disait pas tout ce qu'il savait. Liam alla chercher Louise : elle parviendrait peut-être à le faire parler.

Quelques heures plus tard, pendant la sieste de Béranger, elle était de retour, porteuse d'informations : José soupçonnait Fabiola d'essayer de kidnapper Sarah ! Elle avait promis de l'argent à deux Gitans s'ils l'aidaient à « récupérer son bien ». À la veillée, les Gitans, un peu soûls, s'étaient vantés « d'avoir fait cracher la sorcière ». Et depuis deux nuits, José montait la garde devant le foyer de l'enfance...

Pour la première fois depuis mon retour, je m'endormis facilement ce soir-là : je m'étais réconcilié avec mes amis, c'était bon de ne plus être seul. Mais je fus réveillé par des bruits étranges; on parlait à voix basse, on tirait un poids lourd... Je me précipitai chez José.

Ils étaient tous là, Liam, Louise, José... Et le corps inanimé qu'ils traînaient était celui de Fabiola!

« Qu'est-ce qu'elle a?

— Rien, elle est seulement un peu étourdie. »

En effet, la Tsigane, à qui Louise faisait respirer du vinaigre, ouvrit les yeux.

« Pourquoi y êtes-vous allés sans moi? »

J'étais furieux, je me sentais trahi une fois de plus.

« Tu dormais si bien..., fit Louise doucement. Et puis, entre Fabiola et toi, ça n'a jamais été l'amour fou... »

Liam m'expliqua ce qui s'était passé. L'enlèvement devait avoir lieu cette nuit. Sauf que José veillait. Une bagarre avait éclaté avec les deux Gitans. Fabiola avait

pris un coup qui ne lui était pas destiné. Au foyer de la DDASS, personne ne s'était aperçu de rien. Les voyous étaient en fuite. Bref, à part l'uppercut de Fabiola, l'affaire s'était réglée sans trop de dégâts.

« Et maintenant? fis-je.

— Il faut qu'elle rencontre tes parents, dit José.

— Jamais! » s'écria Fabiola en se redressant, comme si elle voulait fuir de nouveau.

Le gardian l'obligea à se rallonger. Il lui parla en manouche. J'admirai sa douceur et son habileté. Son discours sur le dressage n'était peut-être pas aussi vain que j'avais voulu le croire... Fabiola répondait de sa voix horripilante de prophétesse.

« Qu'est-ce qu'elle dit? demandai-je à Louise.

— Qu'elle seule peut rendre Sarah heureuse... Elle ne veut pas discuter avec des *gadgés*.

— Remarque, si c'est pour que mon père lui récite le Code civil! »

Liam leva les yeux au ciel et me traita de pessimiste. Je l'obligeai à regarder la réalité en face, au lieu de délirer... comme je l'avais fait assez longtemps, sans écouter d'ailleurs, ses appels à la raison. La Tsigane était recherchée par la police. Si on la trouvait chez José, il risquerait, lui aussi, des poursuites. Tout cela était voué à l'échec. Sarah finirait chez les fous, Fabiola en prison, et moi en Irlande avec ma mère sous calmants.

Louise me gronda : « Le pire n'est pas toujours sûr », dit-elle. Mais il est hautement probable, pensai-je.

J'avais tort.

Peu avant le déjeuner, Marie, toute joyeuse, nous apprit que mes parents avaient retiré leur plainte. L'entrevue devenait possible.

Elle eut lieu l'après-midi même, dans la grange. Je n'avais pas revu mes parents depuis la scène devant le mas. Comment mon père avait-il pu changer à ce point en quelques jours? Il avait perdu cet air « Je sais tout et on me doit le respect » qui me glaçait. Ses tempes étaient grises, son dos voûté. Il me fit presque pitié. Je lui adressai un signe de tête et supportai le baiser de maman. Puis je les laissai seuls avec Fabiola.

Marie attendait dehors. Elle semblait lasse, ses cheveux pendaient tristement de part et d'autre de son visage, sa jupe était tachée. Elle me sourit bravement, mais je vis bien qu'elle se forçait.

« Sarah va plus mal? lui demandai-je.

— Pourquoi?

— Mon père… Il a une mine atroce…

— Oh, Finn! Tout est tellement compliqué! soupira-t-elle. L'état de ta sœur devient préoccupant. Si elle continue à refuser toute nourriture, il faudra la placer sous perfusion. Mais ce n'est pas tout. Rien ne permet d'affirmer, aujourd'hui, qu'elle va être rendue à la garde de tes parents… »

Lorsqu'elle était venue nous chercher à Nîmes, Marie n'avait pas dit tout ce qu'elle savait. Mon père, expliqua-t-elle, était arrivé d'Irlande inquiet et déprimé. Son avocat lui avait laissé entendre que la restitution de Sarah ne serait en aucun cas automatique : ma sœur ne parlait pas l'anglais, ne connaissait ni l'Irlande ni ses parents biologiques, et ceux-ci, de plus, ne vivaient pas ensemble. Un juge pour enfants pourrait estimer la transplantation plus dangereuse que bénéfique.

« On ne nous rendrait pas Sarah? Je rêve! Où elle irait?

— C'est tout le problème… Un placement en institution serait une catastrophe…

— Et ce juge, on peut le voir? lui expliquer?

— Calme-toi... Tes parents font tout ce qui est possible. Leur avocat aussi. Mais il faut compter avec les Conventions européennes sur la protection de l'enfance, les délais de la justice, les enquêtes, les expertises psychologiques... Pour l'instant, l'important, c'est la santé de Sarah. (Elle lança un coup d'œil vers les écuries.) Et c'est pourquoi cette rencontre devait avoir lieu... Il faut que la petite sache que tout le monde est derrière elle... qu'elle doit se battre... »

La discussion dans la grange ne dura pas longtemps. À peine fut-elle avertie de l'état de Sarah que Fabiola se précipita au foyer. J'aurais souhaité l'accompagner, mais mes parents m'en dissuadèrent. Lui faisaient-ils un peu confiance, ou étaient-ils complètement perdus, eux aussi? Ils assistèrent à la rencontre à travers une vitre sans tain, par autorisation spéciale du psychiatre, ce que je trouvai assez malhonnête; on m'expliqua que c'était pour le bien de la malade...

Au retour, Fabiola était presque aussi cassée que papa et maman. Sarah n'avait fait que tourner sa tête de droite à gauche en pleurant, refusant de répondre aux questions, maigre et pâle à faire peur. La Tsigane, impuissante, démunie, se laissa reconduire chez José sans un mot. Je ne lui avais jamais vu cet air vaincu.

Sarah était en danger de mort et apparemment personne ne pouvait rien pour elle. Je devais absolument la voir. Quitte à braver les interdictions du corps médical. À aller contre la volonté de ma sœur.

15

Je n'en eus pas le temps. Le lendemain, mes parents furent convoqués chez le juge. Ils s'y rendirent avec leur avocat irlandais et, cette fois, j'obtins de les accompagner.

Ils appréhendaient cette entrevue : le juge pouvait décider de les priver à tout jamais de leurs droits parentaux. Là, j'aurais mon mot à dire : couper Sarah de ses origines biologiques, c'était aussi me la retirer. Or, à la différence de mes parents, j'avais eu le temps d'établir une relation avec ma sœur, et j'étais certain que cette relation n'était pas à sens unique.

On me fit attendre dans un couloir lugubre tandis qu'une secrétaire introduisait mes parents. Je fus bientôt rejoint sur mon banc par Fabiola, également convoquée. José avait insisté pour qu'elle se fasse assister par le père André, un aumônier habitué à représenter les Tsiganes dans leurs conflits avec les *gadgés*. L'aumônier me serra la main. Son regard était chaleureux. J'étais content que Fabiola ne soit pas seule.

« Vous avez vu Sarah, murmurai-je, est-ce qu'elle va vraiment aussi mal qu'on le dit? Elle ne vous a pas parlé de moi? »

La Tsigane essuya une larme. C'était la première fois que je la voyais pleurer. Elle n'en restait pas moins fière et hiératique. Une idée folle me traversa l'esprit.

« Si mes parents la ramenaient en Irlande, vous... vous pourriez peut-être venir avec nous? Au moins au début... Pour que la transition ne soit pas trop... heu... »

Elle me regarda tristement.

« Il ne faut pas déplacer Sarah. Si tu l'aimes, Finn, dis-leur qu'elle doit rester ici. Il ne faut pas la déplacer. »

La porte du bureau s'ouvrit. Ma mère avait pleuré. Mon père semblait accablé et l'avocat perplexe.

J'entrai à mon tour dans le cabinet du juge, le cœur battant. Tous mes gestes étaient saccadés, comme dans un film muet. Je parvins à m'asseoir. La pièce était petite et un peu miteuse. Ça ne faisait pas du tout cour de justice. Plutôt cabinet de médecin. Un médecin pas très riche. Et beaucoup trop jeune pour le métier qu'il exerçait. Peut-on, à trente-cinq ans, décider du sort d'une famille?

Le magistrat était habillé normalement, sans robe noire ni rien, et n'avait pas l'air méchant. Mais il avait fait pleurer maman.

Il m'interrogea sur ma vie à Cork, mon collège, mes relations avec ma mère, mon père, sa nouvelle compagne, mes deux demi-sœurs... Je répondis que je m'entendais bien avec tout le monde.

« Puisque le divorce n'existe pas en Irlande, dit-il, comment ça se passe quand un couple se sépare?

— Comme ailleurs, répondis-je. Sauf qu'on ne peut pas se remarier. Les filles de mon père portent le nom de leur mère. »

Il se tut un instant puis me regarda droit dans les yeux, un petit sourire aux lèvres :

« Bref, tout baigne, pour toi! »

Je fixai les ongles de ma main droite en marmonnant que oui.

« Et Sarah?

— Je ne veux plus être séparé d'elle. »

Il me demanda si je pensais que ma sœur s'adapterait bien à notre vie en Irlande.

« Je ne sais pas », avouai-je.

Il me félicita pour mon honnêteté. Sa question était importante, précisa-t-il, et il attendait que je développe.

Ce type me plaisait. J'aimais sa façon d'écouter sans souffler les réponses. Comme s'il avait tout son temps. D'habitude, les adultes sont tellement pressés… Je décidai de lui faire confiance.

« Il faudrait déménager, dis-je. Sarah ne peut pas vivre en ville. Et puis… j'ai peur que… qu'on ne soit pas assez nombreux. Vous savez, si je peux apprendre beaucoup de choses à ma sœur, elle aussi… En fait, j'ai découvert que j'aimais les repas à plusieurs, la musique, la chaleur… l'entraide. Je crois que ça m'a manqué, pendant toutes ces années… »

Une grosse boule montait dans ma gorge mais je parvins à continuer. Je parlai longtemps. Un couvercle avait sauté et je pouvais enfin dire ce que j'avais toujours tu. Sur moi, sur nous, sur mes inquiétudes et mes attentes.

Quand j'eus fini, le juge se leva et me dit quelques mots que j'entendis à peine. Il me reconduisit à la porte. Mes parents attendaient sur le banc, dans le couloir. Je me demandai avec angoisse si je n'avais rien confié qui puisse leur nuire.

Le médecin du foyer téléphona dans la soirée. Sarah avait accepté de manger un yogourt. Et prononcé quelques mots. Mon père décida d'en avertir le juge.

« Il faut qu'il entende Sarah, dit-il. Je ne supporte pas l'idée qu'on décide pour elle sans qu'elle ait pu s'exprimer. »

Maman frémit. Elle craignait que ma sœur ne demande à retourner chez Fabiola et que tout ne soit fini.

« Papa a raison, dis-je. Sarah doit dire ce qu'elle veut. Est-ce que je pourrais accompagner le juge au foyer? Ce sera moins intimidant pour elle. Et puis j'ai envie de la voir... »

Pâle, faible et bien peignée dans ses draps blancs, ma sœur n'avait plus rien d'une Tsigane. Cela me causa un choc. Je me penchai pour l'embrasser. Elle sentait l'hôpital.

L'entrevue fut un échec : le psychiatre s'introduisit malgré l'avis du juge, ce qui eut pour effet de bloquer Sarah : elle n'ouvrit pas la bouche. Quand les deux hommes se levèrent pour partir, ma sœur me tendit la main et murmura :

« Toi, tu peux rester. »

Nous nous tûmes un long moment, trop émus pour parler. Puis je lui tendis les paquets que j'avais apportés. Une boîte en fer avec des « merveilles » faites par Marie, et un paquet de Louise contenant une robe à bretelles comme la sienne, et enfin, Burr.

Sarah cala Burr sous son bras, goûta un petit beignet, s'essuya les mains sur le drap et déplia la robe. Je vis qu'elle était contente. Mais elle me la tendit aussitôt en disant, avec une moue :

« Garde-la pour moi. Ils volent tout, ici! »

Je ne pus m'empêcher de rire.

« C'est pas drôle! protesta-t-elle.

— Aurais-tu découvert la propriété privée? » fis-je en souriant.

J'ignore si elle comprit le sens de ma phrase, mais elle se mit bientôt à déverser sur moi tout un flot de paroles. Elle me raconta les examens douloureux, les médecins insistants, les infirmières menteuses, les tests idiots, les questions sans cesse répétées, les promesses non tenues...

« Ça fait cinq fois qu'ils me demandent de dessiner un arbre ! Ils n'ont qu'à regarder dehors ! Finn, je veux sortir d'ici ! »

Je l'écoutais parler, de façon nerveuse et décousue, certes, mais librement, sans peur ni contrainte.

C'est ainsi que j'eus l'idée du caméscope. Thierry et Marie en possédaient un, et je savais m'en servir : mon père me demandait fréquemment de filmer ses petites filles. Je téléphonai au mas. Liam et Louise accoururent avec le sac vidéo. J'installai l'engin sur la table roulante, face au lit de Sarah. Nous nous assîmes près d'elle, pour qu'elle se sente en confiance. Juste nous quatre. Pas d'adulte. Je parlai le premier en regardant l'objectif. Je dis que je voulais que ma sœur soit heureuse mais qu'elle devait expliquer, avec ses propres mots, comment elle envisageait son avenir.

« À toi, Sarah », fis-je.

Elle commença d'une voix tremblante qui s'affirma peu à peu.

« Je sais qu'ils sont mes vrais parents, dit-elle, mais je ne les connais pas. Ils ne vivent pas comme moi, ils parlent différemment. Fabiola ne voulait rien faire de mal, elle croyait que c'était la Vierge qui m'avait envoyée. Je ne veux pas habiter de l'autre côté de la mer. Mais il y a Finn, aussi. Lui, c'est mon frère. J'aime bien quand il me fait écrire, parce qu'il ne me force pas, il est doux avec moi. Il y a plein d'autres choses que je veux apprendre avec lui. S'il vous plaît, il ne faut pas me demander de choisir entre tous mes parents, ça me donne mal à la tête et ça me fait pleurer. Je veux que Finn vive avec moi. Et Louise aussi. Elle est un peu manouche, alors pour Fabiola, ce sera moins triste... Il faudrait qu'elle ne soit pas trop loin, dans la caravane avec l'Oncle et les cousins, qu'on puisse faire des veillées ensemble... Mes vrais parents viendraient aussi en visite. Finn leur expliquerait tout sur moi, comme ça ils ne seraient pas étonnés... et plus tard, j'irai peut-être chez eux en voyage... Je sais que c'est compliqué, mais si je reste avec mon frère, j'aurai du courage. »

Le juge nous convoqua tous de nouveau. Pas dans son bureau, qui aurait été trop petit, mais dans une salle d'audience. Une télévision et un magnétoscope avaient été installés afin de visionner la cassette que j'avais envoyée.

J'avais beau avoir déjà entendu le discours de Sarah, les larmes me vinrent aux yeux quand je la vis s'exprimer à nouveau. Je n'étais pas le seul. Maman se mouchait et Fabiola reniflait.

Quand la neige recouvrit l'écran, il y eut un grand silence. Puis mon père soupira :

« Pratiquement, ça veut dire quoi? Ces deux enfants ne peuvent pas rester seuls!

— Et si..., commença ma mère, et si... je m'installais ici avec Finn? »

Cette proposition nous laissa sans voix.

« Qu'en pensez-vous, Fabiola? » demanda le juge.

Des larmes roulaient sur les joues de la Tsigane et elle regardait droit devant elle.

« Finn et Sarah doivent rester ensemble, dit-elle.

— Cette solution vous conviendrait-elle? » insista le juge.

Maman, exaltée, s'approcha de Fabiola et lui promit qu'elle pourrait nous rendre visite autant qu'elle le voudrait. Mais Fabiola continuait de pleurer, silencieuse, vaincue.

ÉPILOGUE

Sarah quitta l'infirmerie peu après. Le juge désigna Marie comme tutrice provisoire, en attendant que maman règle ses affaires en Irlande et trouve une maison à louer. Nous pûmes donc ramener Sarah au mas. Nous étions un peu les uns sur les autres, avec mes parents et Liam, mais c'était bon de dormir enfin sous le même toit. Je me sentais à la fois épuisé et incroyablement léger. C'était une douce convalescence : chaque jour était meilleur que le précédent.

Les adultes s'occupaient des détails matériels. Un cousin de Marie, employé au rectorat, me fit admettre dans une école à Aix où je pourrais continuer mes études comme en Irlande. D'autres amis dégottèrent un cours privé où Sarah rattraperait sans trop de douleur son retard scolaire. L'anglais, elle l'apprendrait à la maison, avec maman.

Dès le retour de Sarah, José avait envoyé un message à Millau. Le lendemain, l'Oncle débarquait avec camion, roulotte et petite famille. Il s'installa dans le champ près des écuries. Sarah les rejoignait souvent le soir, pour manger et danser avec eux. Il était entendu que Fabiola passerait l'hiver au mas, et que son frère viendrait la chercher au printemps pour le pèlerinage des Saintes-Maries.

Mes parents avaient changé. Maman, que j'avais toujours entendue prendre le contrepied de ce que disait papa, le laissait à présent s'exprimer en paix. De son côté, il ne la traitait plus avec l'ironie méprisante d'autrefois. Comme s'il avait, à travers cette épreuve, appris à la respecter.

Ma mère savait qu'il lui faudrait beaucoup de temps et de patience pour gagner la confiance de Sarah, mais elle s'y préparait avec une lucidité qui m'impressionnait.

Elle était encore parfois trahie par ses impulsions, et sa manie d'anticiper les désirs devenait vite étouffante, mais elle acceptait les rebuffades de sa fille avec un sourire crâne. Elle s'obligeait à refréner – pour un temps – sa générosité naturelle.

Mon père avait perdu beaucoup de ses certitudes. Il n'y avait plus pour lui, comme par le passé, une bonne et une mauvaise façons de se comporter. Un jour, alors que nous allions tous les deux à Arles dans la voiture de Thierry, il me parla de sa nouvelle famille sur un ton qui n'était pas, comme avant, revendicatif, style : « C'est ainsi et tu as intérêt à t'y habituer », mais hésitant, presque coupable : « C'était un peu précipité, tout ça, je l'admets… Non que je regrette, précisa-t-il. J'aime Sheila et les petites. Mais je n'avais pas le droit de reprocher à ta mère de se réfugier dans les souvenirs. Quand on est frappé par le malheur, vois-tu, on fait ce qu'on peut. Chacun à sa manière. On affronte, on pleure… ou, comme moi, on fuit. »

Puis il ajouta : « Toi, tu as affronté, et j'en suis fier. »

Moi aussi j'ai changé, bien sûr. D'abord à cause d'eux, de leur nouvelle façon de me voir. Et aussi parce que j'ai une petite amie, comme les types du collège. Non, mieux : aucune de leurs copines n'arrive à la cheville de Louise. Et Nîmes n'est pas très loin d'Aix…

Nous avons fait un grand dîner d'adieu la veille du départ de mes parents et de Liam pour l'Irlande. Mon copain n'a pas gagné son pari, mais je lui ai conseillé de prétendre qu'il était sorti avec toutes les filles de Camargue : qui ira vérifier? En attendant, il en a marre de tenir la chandelle… Dès qu'il approche Manuela, Sarah ou même la petite Mossa, les cousins montrent les dents : quels machos, ces Tsiganes!

Thierry leur a proposé de partager notre repas, mais ils ont poliment décliné. Ils préféraient manger de leur côté. Toutefois, si nous voulions de la musique, ont-ils ajouté, ils seraient heureux de nous donner la sérénade. Nous savions tous qu'ils avaient raison : j'avais bien vu à quel point la vie en commun était difficile. Mais un pont existait à présent entre nous, et ce pont s'appelait Sarah.

Peut-être un jour parviendrai-je à dire à Fabiola que je l'admire et la respecte : je vois bien qu'elle s'efforce de libérer Sarah de son emprise. C'est un grand sacrifice, un sacrifice d'amour. José est aux petits soins avec elle et tout le monde s'en amuse. Moi, je croise les doigts : ce serait merveilleux que Fabiola ne reste pas seule, et je pense que c'est aussi le souhait de sainte Sara…

À présent, ma sœur va pouvoir comparer nos modes de vie et, je l'espère, trouver son propre équilibre. On dit que les liens du sang sont les plus forts, mais, au fond de moi, je pense que Sarah ne cessera jamais de naviguer entre ses deux cultures. Ce sera à la fois une richesse et un fardeau à porter. Quand il sera trop lourd, je serai là pour l'aider.

IMPRIMÉ EN FRANCE PAR BRODARD ET TAUPIN
Usine de La Flèche, 72200.
Dépôt légal imprimeur : 1365S-5 – Éditeur : 2130.
32-10-1555-01-5 – ISBN : 2-01-321555-X.
Loi n° 49-956 du 16 juillet 1949 sur les publications destinées à la jeunesse.
Dépôt légal : mai 1997.